HUMM... CHEESEBURGERS
MANO, ESTOU ACHANDO UM POUCO ENJOATIVO...
FRITAS
TAREFAS:
1. Cidade secreta do Paititi (a verdadeira Cidade do Our
2. As Minas do Rei Salomão
3. A caverna da casa de Hacoz
4. As Joias da Coroa de D. João
5. A Fragata Portuguesa "Flor do Mar"
6. Os Ovos Fabergé perdidos de Sã
7. São Miguel e a Esquadra do
8. A Câmara Âmbar do Pa
O tesouro dos Cava

Caçadores de Tesouros

Caçadores de Tesouros

JAMES PATTERSON

E CHRIS GRABENSTEIN,

COM MARK SHULMAN

ILUSTRADO POR

JULIANA NEUFELD

Tradução:

Luciana Garcia

#irado

Esta edição foi publicada sob acordo com Little, Brown and Company, New York, New York, USA.

1ª Impressão — 2014

Produção editorial:
Equipe Novo Conceito
Impressão e Acabamento Prol Editora e Gráfica 190314

Este livro segue as regras da Nova Ortografia da Língua Portuguesa.

Dados Internacionais de Catalogação na Publicação (CIP)
(Câmara Brasileira do Livro, SP, Brasil)

Patterson, James
Caçadores de tesouros / James Patterson e Chris Grabenstein com Mark Shulman ; ilustrado por Juliana Neufeld ; tradução Luciana Garcia. -- 1. ed. -- Ribeirão Preto, SP : Novo Conceito Editora, 2014.

Título original: Treasure hunters
ISBN 978-85-8163-413-5

1. Ficção de fantasia 2. Ficção norte-americana I. Grabenstein, Chris. II. Shulman, Mark. III. Neufeld, Juliana. IV. Título.

14-01713 CDD-813.5

Índices para catálogo sistemático:
1. Ficção de fantasia : Literatura norte-americana 813.5

#irado

Rua Dr. Hugo Fortes, 1885 — Parque Industrial Lagoinha
14095-260 — Ribeirão Preto — SP
www.grupoeditoralnovoconceito.com.br

Gabriel Moreira Tenório

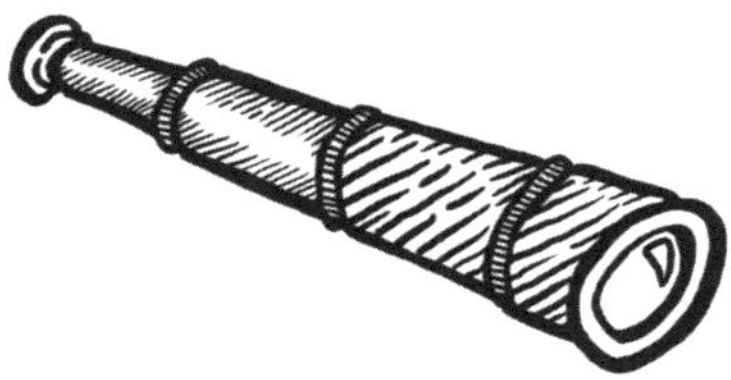

Para Owen Ellington Pietsch.

– JP

PRESENTE DE TIA ADRIANA ...

17.06.202

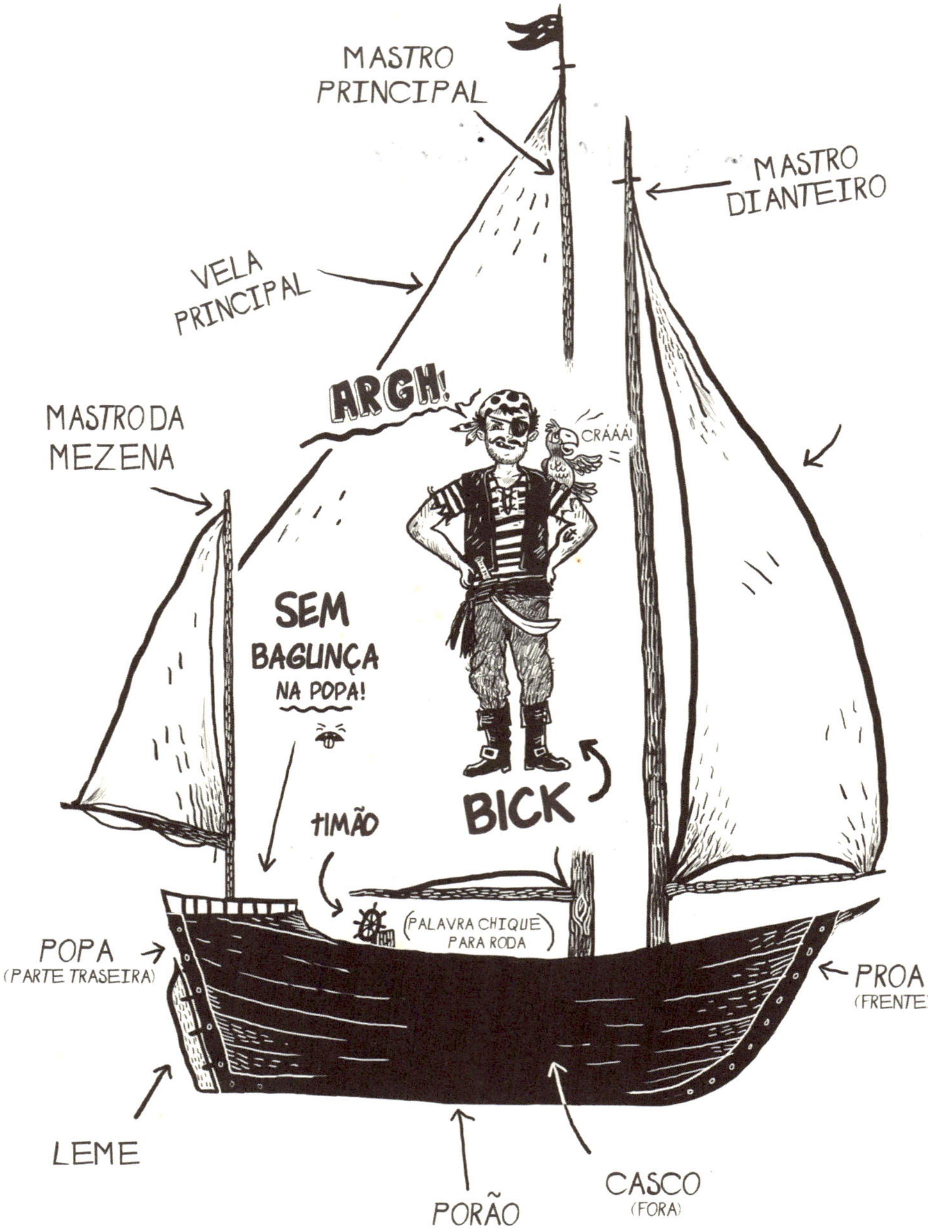
MASTRO PRINCIPAL
MASTRO DIANTEIRO
VELA PRINCIPAL
ARGH!
MASTRO DA MEZENA
CRÁÁÁ!
SEM BAGUNÇA NA POPA!
BICK
TIMÃO
(PALAVRA CHIQUE PARA RODA)
POPA
(PARTE TRASEIRA)
PROA
(FRENTE)
LEME
PORÃO
CASCO
(FORA)

UM BREVE LEMBRETE DE BICK KIDD

Como você deve saber, sou eu quem vai lhe contar esta história, mas minha irmã gêmea, Beck (que é absurdamente talentosa e deveria ir para a escola de artes ou expor as coisas dela em um museu ou algo do gênero), vai fazer os desenhos.

Como esse aí à esquerda.

Estou adiantando isso a você porque, embora sejamos gêmeos, Beck e eu não enxergamos tudo exatamente da mesma maneira. Por exemplo, não sou parecido com o modo como ela me desenhou. Eu tenho 12 anos. Não tenho bigode *nem* tapa-olho. Então não acredite em tudo o que você vê.

Tá. Beck está resmungando que eu tenho que falar pra você não acreditar em tudo o que digo também. Tanto faz. Podemos continuar com a história? Ótimo.

Segure firme.

As coisas estão prestes a ficar feias.

E molhadas. Muito, muito molhadas.

Prólogo

Perdidos no Mar

1

Vou contar para você sobre a última vez em que vi o meu pai.

Nós estávamos lá no convés, tentando manobrar nosso navio para escapar do que parecia ser uma perfeita tempestade.

Bem, seria perfeita do ponto de vista da tempestade. Mas não tanto do ponto de vista das pessoas sendo lançadas pelo convés como meias molhadas dentro de uma máquina de lavar.

Nós tínhamos acabado de baixar e desamarrar as velas para podermos subir correndo pelos mastros vazios.

– Vire o leme! – meu pai gritou para meu irmão mais velho, Tommy Cabeça-de-Vento. – Vamos virar para navegar contra o vento e então trave!

– É pra já!

UMA TEMPESTADE PERFEITA!
O PERDIDO
UM IRMÃO GÊMEO NÃO TÃO PERFEITO

Tommy girou o leme com força e direcionou nossa proa a favor do vento. Ele prendeu uma daquelas cordas elásticas com ganchos nos raios de madeira do leme para nos manter firmes naquela direção.

– Agora desçam, rapazes. Tranquem as escotilhas. Ajudem suas irmãs a cuidar das bombas de combustível.

Tommy se agarrou firme na primeira coisa que viu para se manter equilibrado e desceu até a cabine do convés.

Bem nessa hora, uma onda monstruosa balançou o lado direito do navio e me derrubou no chão. Deslizei pelo convés escorregadio como um disco de hóquei no gelo. Eu teria sido arremessado ao mar se meu pai não tivesse estendido os braços e me segurado meio segundo antes de eu me tornar isca de tubarão.

– Hora de ir lá para baixo, Bick! – meu pai gritou na intensa tempestade enquanto a chuva açoitava o rosto dele.

– Não! – gritei de volta. – Quero ficar aqui em cima e ajudar você!

– Você vai me ajudar mais se conseguir se manter vivo e não deixar *O Perdido* afundar. Agora vamos! Vá se proteger!

– M-m-mas...

– Vá!

Ele me deu um impulso cuidadoso para que eu alcançasse o convés coberto. Quando cheguei ao tombadilho, agarrei-me a um suporte e fui me equilibrando até passar pela porta. Tommy já havia chegado à sala de máquinas para ajudar com as bombas do porão.

De repente, um gigantesco e devastador volume de água salgada rebentou a estibordo e inclinou o navio brutalmente para a esquerda. Ouvi a madeira rangendo. Nós tombamos tanto que eu caí contra a parede enquanto nossa lateral esquerda – bombordo, como falamos – colidiu com o mar revolto.

Nós íamos afundar. Eu tinha certeza.

Em vez disso, no entanto, *O Perdido* se endireitou, sacudindo e chacoalhando como uma baleia encalhada muito irritada.

Encontrei o chão e empurrei a escotilha do convés para fechá-la. Tive que pressionar meu corpo contra ela. As ondas continuaram a se atirar contra a porta. Sem dúvida, a água queria que eu a deixasse entrar.

Isso não ia acontecer. Não sob a minha vigilância.

Fechei a tranca da porta, mantendo-a bem firme.

É claro que eu reabriria a porta no instante em que meu pai terminasse o que quer que precisasse fazer lá em cima no convés e alcançasse a cabine. Mas, por enquanto, eu tinha que impedir que mais água entrasse no *Perdido*.

Se é que isso era possível.

O mar continuou se revirando. *O Perdido* continuou balançando. A tempestade continuou espirrando a água do mar através de cada fenda e fresta que pudesse encontrar.

Eu? Comecei a entrar em pânico. Porque eu tinha a profunda sensação (do tipo "Vamos afundar!") de que aquele poderia ser o nosso fim.

Eu estava prestes a me afogar no mar.

Doze anos é cedo demais para morrer?

Pelo jeito, o mar do Caribe não achava isso.

2

Fiquei esperando por um longo tempo, mas meu pai não retornou à porta da cabine do tombadilho.

Através das janelas dianteiras, eu podia ver as ondas se quebrando contra nossa proa balançante. Eu podia ver o céu ficando ainda mais escuro. Eu podia ver uma boia salva-vidas solta da corda e afastando-se velozmente pelo navio como um *frisbee* em forma de rosquinha.

Mas não podia ver meu pai.

De repente, percebi que minhas meias estavam encharcadas com a água do mar que transbordava pelo chão. E eu estava em pé na coberta principal.

– Beck? – gritei. – Tommy? Tempestade?

Minhas irmãs e meu irmão estavam todos lá embaixo, nas cabines inferiores e nas salas de equipamentos, onde a água certamente estava mais profunda.

Eles estavam presos lá embaixo!

Desci correndo pelos quatro degraus íngremes até a alheta, a parte curva do casco do navio, o mais rápido que pude. A água batia nos meus tornozelos, depois nos meus joelhos, então nas minhas coxas e, finalmente, na minha cintura. Alguma vez você já tentou correr na parte rasa de uma piscina? Era isso o que eu estava enfrentando. Mas eu precisava encontrar a minha família.

Bem, o que sobrou dela.

Eu me arrastava de porta em porta, procurando meus irmãos freneticamente.

Eles não estavam na sala de máquinas, na cozinha nem na cabine dos meus pais. Eu sabia que eles não podiam estar na Sala, porque a sólida porta de aço estava bem trancada e era expressamente proibida para todos nós.

Prossegui no meu difícil caminho enquanto o navio continuava a balançar e a se agitar de um lado para outro. Tudo o que não estava pregado lá embaixo estava batendo e se chocando dentro dos armários e gabinetes. Eu ouvi latas de alimentos colidindo com pratos de plástico, que batiam em tilintantes canecas de café.

Comecei a me apoiar com os punhos nas paredes do corredor estreito. A água já batia no meu peito.

– Ei, vocês! Tommy, Beck, Tempestade! Onde vocês estão?

Nenhuma resposta.

É claro que meu irmão e minhas irmãs não podiam me ouvir, porque a tempestade tropical lá fora gritava mais alto do que eu.

De repente, lá em cima, uma porta se abriu com tudo.

Tommy, que tinha 17 anos e aquele tipo físico volumoso que só se consegue tripulando um navio durante uma vida toda, havia acabado de investir contra a madeira com os ombros para fazê-la abrir.

– Onde está o papai? – ele gritou.

– Eu não sei! – gritei de volta.

Foi quando Beck e minha irmã mais velha, Tempestade, esforçaram-se para sair da cabine, que agora tinha se transformado no quarto alagado delas. Um par de óculos 3-D flutuava sobre a superfície da água. Beck os apanhou e os colocou no rosto. Ela os vinha usando na maior parte do tempo desde que a mamãe desapareceu.

– O papai estava usando um cabo de segurança? – perguntou Tempestade, soando tão assustada e preocupada quanto eu estava me sentindo.

Tudo o que pude fazer foi abanar a cabeça negativamente.

Beck olhou para mim, e, apesar de os óculos 3-D esconderem os olhos dela, eu diria que ela estava pensando a mesma coisa que eu. Nós somos gêmeos. Isso acontece.

Em nosso coração, sabíamos que o papai tinha ido embora.

Porque tudo lá em cima no convés que não tivesse sido amarrado havia sido levado embora pela água a esta altura.

Pela triste expressão no rosto de Tempestade e Tommy, eu sabia que eles haviam concluído o mesmo. Talvez eles tivessem olhado pela escotilha quando aquela boia salva-vidas foi levada.

Tremendo um pouco, fomos nos aproximando até formarmos um círculo pequeno e nos abraçamos com força.

Nós quatro éramos o que havia sobrado da família.

Tommy, que havia vivido em barcos mais tempo que qualquer um de nós, começou a murmurar uma velha prece de marinheiro:

Embora a Morte espere na proa, nós não lhe responderemos agora.

Eu esperava que ele estivesse certo.

Mas eu tinha a estranha sensação de que a Morte podia não aceitar um não como resposta.

FIM

Parte 1

Águas Infestadas de Piratas

Capítulo 1

Ei, mais devagar.

Você não achou mesmo que esse era O Fim, achou? Se eu estivesse morto, como poderia estar contando esta história?

Tudo bem. Beck está dizendo que ela poderia ter assumido a função. Que escrever é mais fácil que desenhar. Tanto faz. Rabiscar um desenho ou outra coisa.

Observação para mim mesmo: se algum dia eu tiver um navio só meu, não chamá-lo de *O Perdido*. Porque era exatamente isso que (e onde) nós estávamos: perdidos no mar. Acho que deveríamos estar felizes pelo fato de o papai não ter chamado seu barco de *O Afundado*, *O Submerso* ou *Titanic II*.

O PERDIDO FOI ENCONTRADO!
O que eu GOSTARIA de estar fazendo
ECA!
...suspiro
O que eu ESTAVA fazendo

Quando a tempestade finalmente se acalmou, nós quatro tínhamos, de alguma maneira, sobrevivido (até o momento, de qualquer forma). Sim, *O Perdido* ainda tinha vazamentos, todos tínhamos algas marinhas nos sapatos e o rádio de comunicação do navio não estava funcionando. Mas *nós* todos ainda estávamos vivos.

Infelizmente, não podíamos dizer o mesmo a respeito do papai.

Com toda a certeza, ele havia desaparecido. Tinha ido embora. E nenhum de nós sabia o que havia acontecido com ele.

– Ele foi lançado ao mar – Tempestade disse, com a maior naturalidade. Ela é dois anos mais velha que eu e Beck, e é tão genial (o QI dela passa dos limites) que é socialmente meio esquisita. Está sempre despejando coisas que as pessoas não querem ouvir. – Ele está morto. Provavelmente, afogado.

– Calma aí – recomendei. – A gente não tem certeza disso.

Tempestade hesitou.

– Você tem razão. Os tubarões podem tê-lo comido antes.

Eu provavelmente teria socado qualquer um que falasse uma coisa dessas. Mas esse é o jeito de Tempestade, e eu sabia que ela estava tão triste quanto o restante de nós.

O que tornou o desaparecimento do papai ainda mais deprimente era o fato de, apenas três meses atrás, nossa mãe também ter desaparecido. Ela sumiu em Chipre.

– Aqueles negociantes sombrios provavelmente atiraram nela – foi o que Tempestade deixou escapar na época. – Um deles tinha uma submetralhadora Uzi escondida sob a lapela esquerda do casaco de couro de abotoamento duplo. Havia manchas secas de iogurte tzatziki nas suas lapelas.

Eu já comentei que Tempestade tem memória fotográfica?

Resumo da longa história: sem mãe nem pai, Tempestade, Tommy, Beck e eu agora estávamos oficialmente órfãos, à deriva sobre o mar do Caribe, vivendo nosso lento afundamento na orfandade.

É claro que nem sempre estivemos assim tão infelizes.

Não quero me gabar, mas, quatro meses antes, nós provavelmente éramos a família mais incrível que qualquer um jamais poderia encontrar. Não por causa de nada que um de nós pudesse ter feito, mas por causa de quem nosso pai era: o Professor Tom Kidd.

Isso mesmo. *O* Tom Kidd.

O mundialmente famoso oceanógrafo e caçador de tesouros.

O cara que encontrou os destroços do galeão espanhol de 1621 *Nuestra Señora del Mar de Oro* na costa de Barbados (estava carregado com moedas de ouro, barras de prata e sacos de esmeraldas colombianas). Na Ásia, ele descobriu milhares de peças de louça de cerâmica datadas de antes da dinastia Ming no depósito de um navio de carga afundado. Próximo à costa de Chipre, no Mar Mediterrâneo, ele resgatou uma arca de tesouro cheia de joias cintilantes e artefatos religiosos incrustados de diamantes.

E nós éramos a tripulação dele. Também éramos caçadores de tesouros!

Nossos pais eram nossos professores particulares e nos ensinavam a sobreviver no mundo real – sem iPods, iPhones, iPads ou Disk Pizza. Nós estávamos pelo menos duas séries à frente do que estaríamos em uma escola normal.

(Bem, talvez não o Tommy Cabeça-de-Vento. Ele tem 17 anos e gasta um bom tempo com cuidados pessoais e de beleza, então provavelmente está mais ou menos na sua série normal.)

Eu nunca fui a um shopping.

Beck nunca foi a uma manicure.

Tommy não precisou se matricular em uma academia de ginástica para turbinar seus músculos peitorais.

E Tempestade não precisou dar um Google com o computador que temos a bordo, porque ela se lembra de cada página da *web* na qual já navegou na vida.

É, desde que Beck e eu tínhamos três anos de idade, nossa casa e nossa escola têm sido esta inacreditável embarcação a vela de 19 metros de comprimento. Foi aqui que aprendemos a cozinhar, a fazer aulas de caratê (o papai é faixa preta) e a praticar navegação tendo como referência as estrelas.

O Perdido nos levou a mais portos e países do que qualquer um de nós pode se lembrar. (A não ser Tempestade, que, como eu disse, é capaz de se lembrar de tudo – até mesmo de que tipo de mancha de comida ficou na sua capa de chuva.)

Nove anos depois, é completamente normal para Beck e eu analisar um mapa de tesouro, mergulhar com nosso

pai e ajudá-lo a resgatar escudos vikings inestimáveis de um navio Skuldelev do século XI naufragado na Dinamarca porque um museu em Oslo quer pagar quantias impensáveis em dólares para ter essas peças em sua coleção.

O que *não é* normal é jogar beisebol no quintal. Acho esquisita a grama sob meus pés. Além disso, se lançar bolas em um barco, você as perde.

Do mesmo modo, nós meio que perdemos o papai.

É, até Chipre e, agora, até a Tempestade Perfeita, a vida no *Perdido* sempre foi extremamente incrível.

Pena que nossa vida feliz fosse terminar com todo mundo afundando e se afogando.

A não ser, como Tempestade falou, que os tubarões nos encontrassem primeiro.

Capítulo 2

Eu acho que os meus pais apelidaram nosso irmão mais velho de Tommy “Cabeça-de-Vento” porque ele geralmente tem essa expressão seriamente confusa no rosto.

A não ser quando está conduzindo um barco.

Então o cara parece um *laser*. Completamente focado.

Conforme o dia se arrastava e o sol desfazia cada nuvem no céu, Tommy permanecia na casa do leme, obcecado com seus instrumentos e ignorando o calor sufocante. Isso era difícil de fazer. O convés estava tão quente que os meus pés pareciam fritar como salsichas numa grelha.

– Nós estamos totalmente perdidos? – perguntei.

– Com certeza – Tommy empurrou o leme um pouco para a esquerda.

– Você está mantendo um curso?

– Nada. Só estou indo com o fluxo, mano.

– O quê?

– A corrente equatorial. As Ilhas Cayman ficam exatamente neste caminho.

– Então, estamos basicamente à deriva?

– Basicamente. O GPS já era. Parece que não aguentou submergir na água salgada.

Beck, que ainda estava usando os óculos 3-D, veio se juntar a nós.

– Ainda tem água entrando – ela reportou. – Que maravilha.

Tommy acenou com a cabeça. Ele permanecia surpreendentemente sereno, sem importar quantas más notícias nós lançássemos no caminho dele.

– Sem desespero. Só estou queimando combustível para dar força aos geradores e, sabe, manter as baterias da bomba de combustível funcionando.

Agora Tempestade se juntou a nós do lado de fora da cabine do convés. Ela estava comendo um bolinho recheado que deve ter encontrado flutuando lá embaixo no porão. A embalagem tinha impedido que o bolo esponjoso e úmido ficasse ensopado.

– A gente devia ter feito um funeral – ela disse.

Tommy ficou com aquela cara de cabeça-de-vento.

– Pelo GPS que morreu?

– Não. Pelo papai. E a mamãe.

– Eles não estão mortos – retruquei.

– Devem estar – Beck falou.

– Bem, não se faz funeral para pessoas que *devem* estar mortas. A gente tem que esperar.

– Esperar o quê?

– Não sei. Talvez até que um corpo seja encontrado para enterrar...

Tempestade balançou a cabeça negativamente.

– Isso não vai acontecer. Tubarões...

Como para dar ênfase ao seu ponto de vista, ela deu uma mordida em um pedaço do bolinho.

Então nós decidimos seguir em frente e fazer um funeral no mar.

Beck encontrou o chapéu preferido do papai: um velho quepe náutico esportivo manchado de suor com âncoras douradas sobre uma boia salva-vidas. O papai havia usado tanto o chapéu de capitão que o sol e a água salgada haviam desbotado o dourado, deixando-o com uma cor de pipoca amarelada.

A mamãe havia comprado o chapéu para o papai quando ele fez sua primeira caça ao tesouro com seu próprio barco.

Nós nos revezamos para segurar o chapéu e nos lembrar do papai e da mamãe.

Beck, que, teoricamente, é a mais nova (por dois minutos), foi a primeira.

– Obrigada por vocês terem nos dado a melhor festa de aniversário de todas – ela disse. – E obrigada especialmente por aquela cabeça de pirata superirada feita de coco do Havaí.

Aquilo me fez sorrir. Em nosso aniversário, a mamãe e o papai sempre levavam Beck e eu para o porto mais próximo e nos deixavam pegar os presentes mais incríveis de todos. O meu preferido foi a espada de samurai que encontramos em Hong Kong. Em vez de bolo e sorvete, nós sempre ganhávamos as sobremesas exóticas de que os nativos mais gostavam. Às vezes, as sobremesas vinham acesas com fogo, então nós as soprávamos em vez de fazer isso com velinhas.

Eu era o próximo.

– Eu me lembro da primeira vez que a mamãe e o papai levaram Beck e eu para mergulhar. Não a primeira vez em que colocamos o equipamento de mergulho, mas a primeira vez em que mergulhamos até um navio naufragado de verdade. Nós encontramos aquelas moedas romanas superlegais. Mais tarde, perguntei para o papai se ele tinha colocado as moedas lá para que Beck e eu pudéssemos achá-las.

– Ele colocou? – Beck perguntou, provavelmente tendo pensado o mesmo que eu.

Eu balancei a cabeça.

– Não. Ele falou que o mar nunca daria mole para nós, então ele também não daria, nem a mamãe. Nós encontramos as moedas de verdade, pelo nosso próprio mérito. Éramos oficialmente caçadores de tesouros. Obrigado, papai. Obrigado por nos ensinar que podemos lidar com qualquer coisa que o oceano ou a vida nos ofereça.

– A não ser isto – Tempestade disse, abrindo os braços para incluir o barco, o mar e a enormidade da nossa situação quase totalmente ferrada.

Todos nós olhamos para ela.

– Sinto muito – ela murmurou.

– Não tem problema – eu consolei, porque gostei do jeito dela quando disse aquilo. – É a sua vez, Tempestade.

– Tá. Bem, eu me lembro daquela vez em que nós aportamos na angra, perto daquele iate de quase 28 metros... O HMS *Nadarrogante*.

Balancei a cabeça, confirmando.

– As crianças ricas cujos pais não conseguiam imaginar como fazer aquelas máquinas a diesel incrementadas funcionar.

– Isso mesmo. De qualquer forma, o papai estava no convés, limpando um punhal que ele tinha encontrado naquele navio pirata naufragado. Estava tão quente que eu pulei na água para nadar. Foi aí que aqueles meninos mal-educados do iate começaram com aquelas piadas sobre morsas e baleias.

Tommy riu.

– Eu me lembro disso! O papai segurou firme a adaga entre os dentes, depois se agarrou em uma corda e foi pendurado até o iate como um pirata.

Beck continuou dali em diante.

– Então ele falou: "As máquinas de vocês parecem estar encrencadas. Pena que estejam a quilômetros do mecânico mais próximo. A única pessoa que poderia ser capaz de ajudá-los é a minha linda filha, que está nadando logo ali".

Tempestade estava segurando as lágrimas.

Então eu segui em frente e terminei a história por ela:

– "Porque", o papai falou, "só de brincadeira, Tempestade Kidd memorizou os manuais de manutenção e reparos de praticamente todo tipo de embarcação. Incluindo a *sua* mansão flutuante."

– E então você consertou os motores – Tommy concluiu.

– Só porque o papai me pediu – Tempestade disse, tentando secar os olhos com os nós dos dedos. – É isso o que nós, as "lindas" filhas, fazemos. Ok, Tommy, é a sua vez.

Tommy segurou desajeitado o chapéu nas mãos.

– Tá. Hum... Obrigado, papai, e, hã... obrigado, mamãe. Por, sabe... *tudo*.

Todos nós assentimos. Porque isso resumia bem.

Tommy lançou o chapéu do papai no mar.

E todos nós ficamos no convés, observando-o flutuar para longe.

CAPÍTULO 3

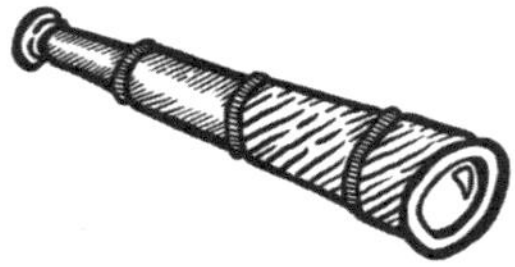

Tem mais uma coisa que você precisa saber sobre Beck e eu: às vezes, nós temos um ímpeto que nossos pais costumavam chamar de Tagarelice dos Gêmeos.

É claro que, na primeira vez em que a mamãe e o papai chamaram assim, eu nem sabia o que era uma tagarelice.

Então, a mamãe (nossa professora particular de português) me fez consultar um dicionário: "Tagarelice: explosão de falatório prolongado cuja sequência de palavras pode ser áspera e inconveniente".

Basicamente, há muita gritaria e o uso ríspido de nomes feios (os nomes que vêm à minha cabeça são melhores que os da Beck, já que eu sou o escritor e ela, a artista). E as nossas tagarelices não são exatamente "prolongadas". Na verdade, elas geralmente duram uns

60 segundos e pronto. São tipo uma tempestade tropical nas Bahamas. Muitos trovões e relâmpagos e, um minuto depois, o céu está completamente limpo.

De qualquer forma, Rebecca (eu só a chamo assim quando estou com raiva dela) e eu desandamos a fazer a Tagarelice dos Gêmeos enquanto nos arrastávamos para levar baldes cheios de água da sala de máquinas para cima.

– A gente precisa de um plano, Bick – ela disse, fazendo uma parada tão abrupta na cabine do convés que boa parte da água caiu para fora dos dois baldes que ela levava.

– O Tommy tem um plano – expliquei. – A gente vai seguir com a corrente até as Cayman. É onde o tesouro está.

– Eu estou falando do quadro geral, Bick-raso! – (É, ela só me chama de Bick-raso quando está nervosa também.)

– Achei que você tivesse dito que a gente precisava de um plano, não de um quadro, Rebecca!

– Foi *isso* o que eu falei. E tem que ser o melhor plano do mundo. Não o segundo melhor. O melhor *mesmo*!

– Bem, e quem é que vai decidir qual é de fato o melhor plano do mundo para nós?

– Nós vamos!

– Quando diz *nós* – eu falei –, você quer dizer, por acaso, *você*, Senhorita Mandona?

– Não, seu bobão! – O rosto de Beck estava mais

vermelho que uma lagosta cozida. – Se eu quisesse dizer *eu*, teria dito *eu*, e não *nós*.

– E quanto a Tommy e Tempestade?

– Eles fazem parte de *nós*.

– Não, não fazem. Faça as contas, Einstein. Nós somos gêmeos, não quadrigêmeos.

– Quero dizer *nós* nós. A família inteira.

– Então por que você não disse logo?

– Eu disse.

– Quando?

– Agora.

– Mesmo?

– É.

– Ah, desculpe.

– Tá.

– Está tudo bem?

– Claro.

E, simples assim, nossa Tagarelice dos Gêmeos tinha terminado.

Juntos, nós saímos da cabine e fomos até a casa do leme.

– Tommy? – Beck chamou.

– Tempestade? – falei.

– A gente precisa de um plano! – nós gritamos juntos.

Tommy concordou com a cabeça.

– Legal. Eu estou de acordo.

Tempestade esvaziou o balde dela ao lado e se juntou a nós na popa.

– Qual é o plano? – ela perguntou.

– Primeiro, sobreviver! – eu disse.

– Tá. – Tommy respondeu. – E como isso vai acontecer?

– É fácil – Beck continuou. – A mamãe e o papai nos ensinaram tudo o que precisamos saber.

Tempestade concordou com a cabeça, e em seguida Tommy também concordou.

– Nós vamos precisar voltar a racionar a comida e a água – Tempestade explicou. – Vou fazer uma planilha no computador.

– E eu vou checar as estrelas hoje à noite – Tommy disse. – Fazer as medidas por triangulação, para ter certeza de que a corrente está nos levando aonde deve.

Ambos se viraram para Beck e eu.

– E aí? – eles perguntaram juntos.

Parecia que nosso irmão e nossa irmã mais velhos estavam preparados para que Beck e eu tomássemos o comando deste claro desastre flutuante.

– Bem – respondi –, vamos continuar fazendo o que sempre fizemos.

Tommy ergueu uma sobrancelha.

– Caçar tesouros?

– Sem a mamãe e o papai? – perguntou Tempestade.

– Por que não? – sugeriu Beck.

– É o negócio da nossa família – eu disse, completando o pensamento dela. (É, isso é outra coisa que os gêmeos fazem.) – Nós só precisamos encontrar o mapa de tesouro do papai para mergulhar nas Cayman.

– E não se esqueçam – Beck alertou – de que nós já sabemos fazer tudo o que precisa ser feito. Podemos manter o navio. Podemos pescar e apanhar comida.

– E o Tommy pode nos levar para qualquer lugar dos sete mares – lembrei.

Ele concordou com o máximo de humildade possível.

– É verdade, é verdade...

– E, Tempestade – Beck disse –, você pode cuidar de todas as coisas de computador.

– E avaliar novos *sites* de tesouros em potencial – Tempestade acrescentou.

– Eu posso adiantar negociações com fornecedores pela internet – disse Beck –, se o Tommy conseguir consertar nossa antena parabólica.

– Primeira coisa da lista – resumiu Tommy. – Assim que aportarmos. A antena e um *cheeseburger*. Com batata frita.

– Na verdade, nós não precisamos de nenhum adulto para manter nosso negócio flutuante – acrescentei. – Além disso, alguém aqui quer mesmo desistir de caçar tesouros? Algum de nós gostaria de ter a vida entediante de um marinheiro de água doce, cheia de escolas, shoppings lotados e peixes congelados?

Todos nós fizemos que não com a cabeça.

Beck fez um gesto de "nem pensar".

A verdade era que nenhum de nós poderia algum dia ser feliz em terra firme; não depois de ter passado a maior parte de nossa vida nos aventurando em alto-mar. Cara, a gente até encontrou piratas. De verdade. Não aqueles feitos de cera da Disney.

De certa forma, nós, os garotos Kidd, éramos como aqueles monstros do livro infantil que meu pai sempre lia para Beck e eu quando éramos pequenos. Aquele no qual

um oceano surgia ondulante com um menino chamado Max e um barquinho só para ele que navegava noite e dia.

– Nós podemos fazer isso – Beck disse.

– Com certeza – concordou Tommy.

– Sem dúvida – ecoou Tempestade.

Eu dei um passo à frente.

– Todos que são a favor de manter a empresa Família Kidd Caçadores de Tesouros aberta para os negócios levantem as mãos.

Capítulo 4

A melhor coisa do pôr do sol no mar?

Não são as lindas cores. É o fato de a bola de fogo insanamente quente no céu finalmente parar de tostar você como uma fatia extracrocante de *bacon* quando ela mergulha no oceano. Se apertar os olhos, você consegue ver o vapor subindo.

Nós aguentamos até o anoitecer, o que certamente ajudou com o calor. A não ser os andares de baixo. As cabines

dali pareciam fornos com camas-beliche. Então, enquanto Tommy manejava o leme lá em cima e Tempestade descia até o porão para verificar que tipo de alimento ainda restava na despensa, Beck e eu começamos a destrinchar nosso plano de sobrevivência no lugar mais fresco que pudemos encontrar. Seguimos até a sala cheia de coisas acumuladas na parte envidraçada da frente da cabine do convés – a qual os construtores do nosso barco lá em Hong Kong chamaram de "grande salão abundante" na documentação de venda deles.

Com a gente, era mais a sala da bagunça. Na verdade, a sala tinha, conforme anunciado, "um sofá curvo, revestimento em painéis lustrosos de madeira teca indiana e gabinete de madeira resistente com uma pia embutida". Mas a pia tinha pratos sujos e garrafas vazias de refrigerantes, e as paredes estavam cheias com uma coleção dos tesouros preferidos dos meus pais (incluindo um elmo de conquistador, uma máscara tribal africana rara, um jarro de bebida no formato de sapo, uma bola de canhão enferrujada de uma canhoneira dos antigos Estados americanos confederados, um relógio de bronze enfeitado com querubins que provavel-

mente pertenceu ao rei Luís XIV e, em uma caixa de vidro sombreada, uma faca para bife enferrujada do *Titanic*).

Havia bugigangas, colares e cabeças feitas de coco agrupadas e suspensas do teto. Acrescente uma pilha de cilindros de mergulho e *snorkels* e meias, sapatos e camisetas variados pelo chão (o chão é o nosso cesto de roupa suja), e o grande salão parecia uma lata de lixo reciclável permanente.

– Nós pelo menos já vimos um mapa para esta caça ao tesouro? – Beck perguntou.

– Não. O papai só falou que a gente precisava ir para as Cayman.

– Então nós precisamos encontrar esse mapa.

Depois de cerca de uma hora procurando nos montes de tranqueiras – tornadas ainda mais tranqueiras depois da tempestade tropical, que havia acabado com um bocado de coisas da mesa, das paredes e dos balcões –, eu tive uma ideia. Me virei para Beck com um olhar determinado.

(Eu disse "determinado", Beck, não "demente". Você sabe de que olhar eu estou falando.)

(Assim é melhor.)

– Nós precisamos olhar na Sala – sussurrei.

– A gente não pode entrar lá – Beck sussurrou de volta. – A Sala fica trancada.

– Então precisamos encontrar A Chave para A Sala.

Sim, toda vez que qualquer um de nós fala sobre A Sala ou A Chave para A Sala acaba sempre soando como se estivéssemos falando com letras maiúsculas, porque A Sala é proibida para *Todos Nós*. Ela possui uma sólida porta de aço com um belo ferrolho infalível – o mesmo tipo de tranca usado na caixa-forte dos bancos.

A Sala é onde a mamãe e o papai mantinham as coisas mais secretas no barco. Mapas de tesouros. Planos de recuperação. Anotações sobre negociantes e representantes de museus.

Mas colocar nossas mãos em tudo aquilo não era a única razão por que eu queria quebrar uma das regras mais importantes dos meus pais ao entrar na Sala.

– Beck? Se eu te falar uma coisa, promete que não vai achar que sou louco?

– Desculpe. Já fiz isso.

Então eu segui em frente e lhe contei assim mesmo:

– Eu acho que o papai pode estar ali. Vivo.

Capítulo 5

— Você está brincando, né?

Essa não era a reação que eu estava esperando.

– Isto não é brincadeira, Beck – eu disse enquanto seguíamos no andar de baixo em direção à proa.

A Sala estava na parte mais dianteira do casco. Nós paramos em frente à Porta e ficamos olhando para A Tranca.

– Pode ser que o papai tenha entrado aí durante a tempestade, talvez para proteger alguns documentos extremamente importantes ou lacrar um mapa de tesouro em um invólucro à prova d'água, quando de repente uma onda arrebentou na lateral do barco, derrubou alguma coisa de uma prateleira e... BAM! Ele foi atingido na cabeça, tendo ficado desacordado desde então.

Beck apenas olhou para mim.

– Tá falando sério?

COBERTA
ESCADA PARA O CÉU
CASA DO TIMÃO OU LEME
ENGRENAGEM DA EXPEDIÇÃO
SALA DE MÁQUINAS + ARMÁRIO DE ARMAS
COZINHA
SALA DE JANTAR
HÉLICES OU MINIATURAS DE HELICÓPTEROS?
ARMÁRIO DE PRODUTOS DE CABELO DO TOMMY

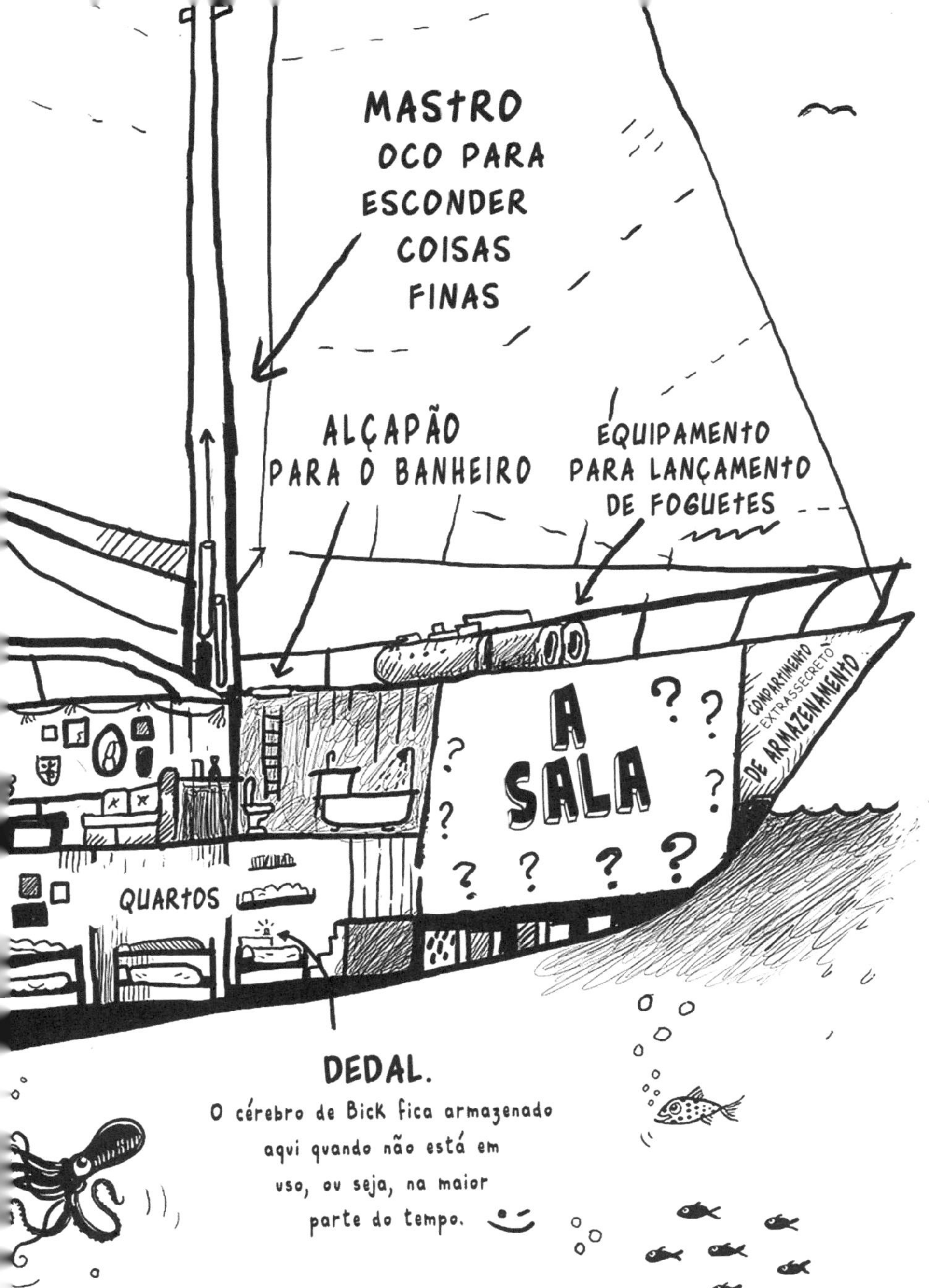
MASTRO
OCO PARA
ESCONDER
COISAS
FINAS
ALÇAPÃO
PARA O BANHEIRO
EQUIPAMENTO
PARA LANÇAMENTO
DE FOGUETES
A
SALA
COMPARTIMENTO
EXTRASSECRETO
DE ARMAZENAMENTO
QUARTOS
DEDAL.
O cérebro de Bick fica armazenado
aqui quando não está em
uso, ou seja, na maior
parte do tempo.

– É possível.

– Então por que nós não o vimos, Bick? *Hello*! Nós estávamos parados bem aqui no corredor, lembra? Caso não lembre, vou refrescar a sua memória. – Ela fez um monte de barulhos do tipo *splash-splash-glub-glub*. – A gente estava com água até o pescoço, e eu não me lembro de ter visto o papai passar nadando por nós para conseguir chegar até A Sala.

– Você não estava lá o tempo todo. Talvez ele tenha usado alguma das escotilhas secretas do convés lá em cima.

Ah, no caso de eu ter me esquecido de mencionar, *O Perdido* foi customizado com todo tipo de escotilhas secretas, alçapões e esconderijos. Quando se está carregando tesouros em águas infestadas de piratas, ter um lugar seguro para armazenar a preciosa carga é muito útil. Beck não consegue mostrar a você onde exatamente esses compartimentos, mastros ocos e passagens secretas estão, senão – dã – eles não seriam secretos, mas o desenho vai lhe dar uma ideia.

De qualquer forma, assim que mencionei a suspeita de que o meu pai estava escondido-em-um-alçapão-no convés, Beck ficou com aquele olhar, e eu sabia: estava na hora da Tagarelice dos Gêmeos número 426.

– Desista, Bickford. O papai está morto!

– Não, ele não está, Rebecca. Ele está na Sala.

– De. Jeito. Nenhum.

– É possível.

– É. Assim como você encarar a realidade um dia. É possível.

– Eu aposto que ele está lá, agora mesmo, deitado no chão.

– Ele está morto, Bick.

– Não, ele só está parecendo morto.

– Porque ele *está* morto!

– Ele provavelmente também está com fome e com sede.

– Não, não está.

– É claro que está! Nós devíamos fazer um sanduíche pra ele. E talvez trazer um Gatorade.

– Ele não está com fome nem sede, Bickford, porque está morto. Essa é uma das poucas vantagens de morrer: não é preciso comer, beber nem lavar a louça.

– Rebecca, como você pode ser tão fria e sem coração?

– Como você pode ser tão sentimental?

– Fácil. Eu tenho um coração.

– Pena que ele não esteja bombeando sangue para o seu cérebro, bobinho.

– Desculpe, Senhorita Spock. Não podemos ser todos superlógicos como você.

– Eu corrigiria para semilógica.

– Mesmo?

– É.

– Ah. Tá.

– Ótimo.

Sim. Vinte segundos, e terminamos.

– Desculpe – eu disse.

– Desculpe – Beck respondeu.

– Alguém vai se desculpar comigo? – Tempestade se arrastou da cabine que divide com Beck no final do corredor. – Eu estava tentando dormir.

– Achei que você estivesse fazendo uma lista do nosso estoque de alimentos – Beck justificou.

– Levou dois segundos, porque nós só temos mais ou menos *nada*. Então, em vez disso, eu resolvi tirar uma soneca. E agora, graças a vocês dois, estou acordada. O que vocês estão fazendo?

– Nós precisamos entrar na Sala – expliquei.

– Por quê?

– Para encontrar o mapa do tesouro do papai e mergulhar nas Ilhas Cayman.

Tempestade fez uma cara meio aérea e ficou pensando nisso durante alguns segundos.

– Boa ideia.

Então, bocejando e coçando o bumbum, ela se virou e se arrastou de volta para sua cabine.

– Tá – eu disse para Beck. – Se você fosse o papai, onde esconderia A Chave?

Antes que Beck pudesse responder, Tempestade voltou se arrastando para o corredor, carregando um relógio despertador de corda. Ela o atirou com força contra o revestimento de madeira sobre o qual comentei antes. O vidro estilhaçou. Cacos minúsculos voaram para todo lado.

E uma chave de metal caiu no chão.

CAPÍTULO 6

Para começar, eu estava totalmente errado.

O papai *não* estava deitado inconsciente e morrendo de fome no chão da Sala. (Então, serviço de quarto, cancele o sanduíche e a bebida refrescante.)

A cabine não tinha janelas e era escura. Tão escura que Beck tirou (temporariamente) os óculos 3-D. Mas, embora a gente não tenha visto nada além de sombras estranhas, nós dois sabíamos que A Sala era onde a mamãe e o papai mantinham os tesouros do nosso empreendimento de caça ao tesouro.

Encontrei uma arandela e a acendi.

– Uau! – Beck e eu exclamamos ao mesmo tempo.

– Isto é incrível! – eu disse. Naquela luz fraca, eu podia ver que as paredes estavam cobertas por murais de cortiça. E os murais estavam abarrotados com todo tipo de papéis e fotografias e mapas.

CHICAGO SUNDAY TRIBUNE
JÚRI CONDENA CAPONE
MAPAS
MUNDIAL
CONFIDENCIAL
TAREFAS:

– Ali está a estátua de 300 anos que devolvemos àquela igreja ortodoxa em Chipre um pouco antes de a mamãe desaparecer – Beck comentou, apontando para uma fotografia. – E o bilhete de agradecimento do bispo de Neápolis.

– Estes são todos os cabos e bainhas de espadas medievais que recuperamos na costa da Inglaterra – eu disse, abrindo caminho pelas fotografias pregadas na parede do outro lado da Sala.

Os armários abaixo dos desordenados murais tinham uma tela de arame em malha na frente em vez de vidro e continham todo tipo de arte, artefatos e antiguidades inestimáveis. Cerâmica pré-colombiana. Armas antigas. Budas rechonchudos esculpidos em jade. Um cântaro de argila quebrado repleto de moedas de prata venezianas. Um queimador de incenso de metal na forma de deusa hindu.

Havia até mesmo um sarcófago de múmia dourado com o formato de cabeça de touro protegido no canto da Sala, bem ao lado da Porta.

Beck ficou olhando um mapa na parede atrás dos armários.

– Não há nem um centímetro sobrando aqui – ela observou. – Então por que esta coisa está tomando metade de uma parede?

Era um mapa simples, de estilo escolar, desenrolado, das Américas do Norte e Central. Não havia nenhum ponto marcado nele. As Ilhas Cayman mal estavam visíveis ao sul de Cuba.

– E veja só isto – eu disse, apontando para uma lista feita a mão sob o tampo de vidro da escrivaninha da mamãe e do papai:

– Uhuu! – Beck exclamou. – É uma lista dos dez maiores tesouros perdidos do mundo. Você não estava prestando atenção quando a mamãe nos ensinou sobre essas coisas na aula de geografia?

– Ah, sim. Mas isto não é apenas uma lista, Beck. É uma lista *de tarefas*. Isto é o que a mamãe e o papai estavam planejando para o futuro.

Beck deu de ombros.

– Eu acho que eles estavam tentando descobrir como conseguiriam pagar *quatro* faculdades.

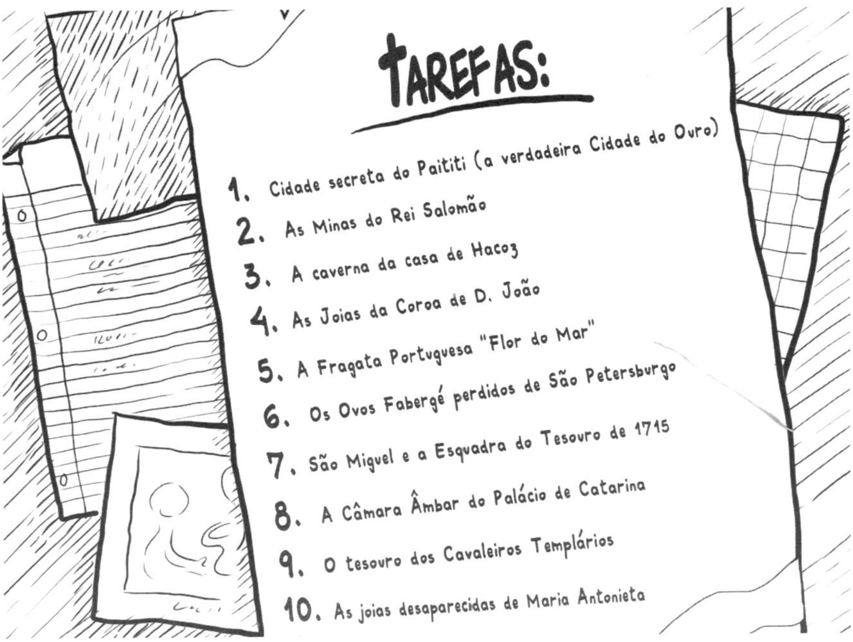

– Não que algum de nós um dia fosse se interessar por fazer faculdade – eu lembrei a ela.

– Fale por você – ela devolveu. Totalmente indiferente à inacreditável lista que eu tinha acabado de descobrir, Beck voltou-se para verificar a parede atrás da escrivaninha. A metade não utilizada pelo mapa estava repleta de fotografias e pôsteres de arte: pinturas, estátuas e cerâmica. Beck estava concentrada nas pinturas.

– Este é um Renoir – ela disse, apontando para uma das pinturas. Ela sabe dessas coisas porque, sempre que estamos em uma cidade portuária importante, ela passa todo o tempo em museus. É a "artista" da família, afinal. – Um Manet. Um Monet.

– Como você consegue identificar cada um?

– O de risquinhos de tinta é o Monet. O de parisienses gordinhos, o Manet.

– Tá.

– Aquele ali é um Degas. Ao lado dele, um Cézanne. E

um Gauguin. Um Picasso. E um Van Gogh... que está sumido há anos.

– Você acha que a mamãe e o papai estavam planejando ir atrás de todos eles?

– Se estivessem, precisariam roubá-los. Ah. Talvez seja por esse motivo que isto esteja aqui – Beck deu uma batidinha com a mão na fotografia em preto-e-branco de um gângster sorrindo, usando um chapéu fedora antigo e mordendo um charuto. – Para nos lembrar de *não* caçar nenhum destes tesouros.

Ao lado da feia imagem do criminoso havia uma cópia do jornal *Chicago Sunday Tribune* de 18 de outubro de 1931. A manchete principal destacava: "JÚRI CONDENA CAPONE".

Enquanto Beck estudava as pinturas, eu identifiquei um diferente tipo de arte: uma charge que o papai tinha enfiado sob o vidro da escrivaninha perto da lista de tarefas. Eu sabia que tinha sido o papai que havia recortado a charge de alguma revista porque ela era baseada na piada que ele me contou um milhão de vezes: um professor, com seu capelo e beca, está mostrando a um estudante que coça a cabeça um antigo vaso grego com figuras e cenas pintadas por todo lado. "Qual a importância de um vaso grego?", pergunta o estudante. O professor responde: "Socorrer aqueles que estão apertados".

A piada. Mais. Batida. Do. Mundo.

Mas, nos últimos dois meses, meu pai estava *amando* contá-la. Para mim. Repetidas vezes. Era como a versão grega da tortura chinesa da água.

Ele até havia rascunhado uma anotação nas margens do desenho: "Yo-ho-ho! É tudo que você precisa saber, camarada". Ele devia ter escrito aquilo durante a Semana Nacional Escrevendo Como um Pirata.

Beck e eu vasculhamos A Sala durante mais 15 ou 20 minutos, mas nenhum de nós conseguiu encontrar nada que lembrasse um mapa para caça ao tesouro nas Ilhas Cayman. E não havia nada pregado nos murais sobre navios naufragados nos arredores da costa das Cayman ou sobre cidades perdidas de ouro das Cayman ou mesmo sobre um cardápio de frango assado para viagem das Ilhas Cayman.

– E aí, Bick?

– E aí, Beck?

– Todas estas coisas são incrivelmente legais.

– Total.

– Eu só tenho uma dúvida.

Concordei com a cabeça.

– Eu também.

– Como é que a Tempestade sabia onde o papai tinha escondido A Chave?

Nós também dissemos *isso* juntos.

Capítulo 7

Beck e eu quase fizemos um temporal (desculpe o trocadilho) na cabine da Tempestade.

Ela estava sentada na cama de baixo do beliche, lendo as páginas de um livro de capa dura de 15 centímetros de espessura tão velozmente quanto uma copiadora de escaneamento rápido.

– Legislação marítima internacional – ela resumiu ao terminar o livro inteiro em, tipo, uns 15 segundos. – Bem interessante.

– Tempestade? – chamou Beck.

Tempestade olhou para Beck com olhos sonolentos e não disse nada.

– Como é que você sabia onde A Chave estava escondida? – perguntei.

– É que eu tenho memória fotográfica.

– E o que *isso* tem a ver com *isto*? – fiquei balançando A Chave na frente do meu rosto.

Tempestade encolheu os ombros.

– O papai não confiava em si mesmo para lembrar onde a havia escondido. Então ele me pediu para ser sua guardiã designada da chave.

– O-o quê? – Beck gaguejou um pouco quando ouviu aquilo. – Você e o papai? Juntos? A esconderam?

(Está vendo por que é bom que Beck seja uma excelente artista? As habilidades verbais dela são... um pouco fracas. O quê? Não, eu não vou escrever que minha higiene pessoal também é um pouco fraca. Oh-oh. Acabei de fazer isso. Me ferrei.)

– O que mais você e o papai estavam escondendo da gente? – Beck perguntou.

– Vamos ver... – Ela exibiu aquele livro supergrosso de Direito. – Ele pediu para eu me "familiarizar" com o conteúdo deste livro. Disse que poderia ser útil quando nós chegássemos às Cayman.

– Você alguma vez já entrou na Sala? – perguntei.

– Não. Eu só estava encarregada de esconder A Chave e de não esquecer onde o tinha feito. Então devolva, Bick. Preciso escondê-la de novo.

– Não, não precisa – Beck corrigiu. – Nós precisamos da Sala.

– Para quê?

– Para pesquisar os arquivos e outras coisas.

– Vocês encontraram um mapa do tesouro para mergulhar nas Cayman?

– Não – resmungou Beck.

– Ainda não – acrescentei.

– Talvez o Tommy saiba onde o papai o colocou – Tempestade comentou. – Ele já esteve na Sala algumas vezes.

Agora foi a minha vez de gaguejar.

– O-o q-quê?

– Ele e o papai. Uma vez eles quiseram entrar depois que eu tinha escondido A Chave no fundo do pote de biscoitos. Eu a escondi por baixo de todos os Passatempos e Línguas de Gato. O melhor lugar *de todos*.

– Então você sabia sobre A Chave – eu disse – e Tommy já esteve na Sala. O que mais nós não sabemos?

– Bem – Tempestade começou –, a mamãe me falou que vocês dois precisavam se esforçar mais ao fazer a lição de casa de trigonometria e...

De repente, uma buzina soou no convés.

FÓÓÓM! FÓÓÓM! FÓÓÓM!

Regra nº 1 da Família Kidd: se você ouvir a buzina tocar três vezes, largue tudo, não importa o que esteja fazendo, e corra para o convés. Uma buzina tripla significa que alguém está em apuros e precisa de ajuda.

(Dois apitos significam: “O jantar está pronto”, e quatro, “O Palmeiras venceu o campeonato”.)

Nós três corremos para fora do alojamento, voamos pelo convés e subimos a milhão a escada até a casa do leme.

Tommy fez um sinal positivo em direção a nossa feição preocupada e ergueu o binóculo na altura dos olhos.

– Temos companhia – Tommy avisou.

Toda vez que as ondas atrás de nós se desfaziam, eu podia ver um barco acelerando através da crista espumosa. Quando as ondas cresciam, ele desaparecia. Quando elas baixavam novamente, ele tinha chegado mais perto.

– Er... Tommy? – eu disse.

– Oi?

ALGUMA COISA **MALIGNA** NA FORMA DE VELAS!

– Esta talvez não seja a melhor hora para perguntar...

– Vá em frente, irmãozinho – Tommy incentivou, sem nunca tirar os olhos do barco, que definitivamente parecia estar nos alcançando. – Temos tempo. Uns dois minutos.

A intensa luz branca do holofote passou pela nossa popa, então desceu rapidamente e se virou. Beck, Tempestade e eu parecíamos cervos pegos pelas luzes do farol de um trem de carga. Tommy, não. Ele apertou os olhos até ficarem praticamente fechados.

– Hum, tá. Por que o papai levou você até A Sala?

– Nada demais – Tommy respondeu, mantendo os olhos colados na lancha (nós podíamos ouvir o gemido do motor agora), que se aproximava, determinada, sobre as espumas atrás de nós. – Ele só precisava me falar algumas coisas de filho mais velho.

– Mesmo? Tipo o quê?

– Tipo onde ele guardava o arpão de reserva.

Sem tirar os olhos da lancha rosnante, que estava apenas uns 18 metros atrás de nós agora, Tommy deu batidinhas com o pé direito na tábua de base da casa do leme. Um gabinete estreito se abriu.

Dentro estava o que parecia um equipamento para lançamento de foguete com uma lança letal de ponta bifurcada.

Coisas de filho mais velho.

Capítulo 8

— Que houve, meus amigos? – gritou o homem atrás do leme da lancha conforme soltava o manete e deslizava sua embarcação a nosso estibordo. Ele tinha as duas mãos erguidas. – E, por favor, não aponte esse arpão para mim, jovem rebelde. Eu não sou um peixe. – Então ele se soltou com uma estrondosa risada caribenha. Ha-ha-ha-ha-ha!

O homem na lancha estava usando uma mistura estranha de roupas: um quepe de policial com uma faixa vermelha vibrante sobre a aba preta brilhante, um paletó de *smoking* sem mangas (mas com a camisa), um colar feito de dentes de tubarão e uma calça de pijama listrada bem "cheguei".

Já mencionei a iguana azul mordendo folhas de alface em uma gaiola no banco do passageiro da lancha de cor amarelo-banana?

– Por favor, camarada – ele disse, fazendo gestos na direção da iguana –, baixe o arpão. Você está assustando a Tedee.

– Quem é você? – Tommy interrogou.

– Ora, eu sou o homem que acabou de achar *vocês* perdidos no *Perdido* no meio do mar. Ha-ha-ha-ha-ha!

Tempestade foi para trás de Tommy. Imagino que ela não tenha gostado da risada caçoante do homem.

Ou talvez tenham sido as tatuagens espalhadas de cima a baixo nos braços musculosos dele. Poderia ter sido também a cicatriz recortando a bochecha esquerda dele. Ou o fato de ele ter arrancado as mangas de um *smoking* novinho.

– Me ajuda aí, camaradinha – o cara falou para mim,

acho que porque eu estava encostado na balaustrada mais próxima dele. Ele segurava uma corda de ancoragem nas mãos e fez um gesto como se fosse atirá-la para mim.

Olhei para Tommy.

Ele fez que não com a cabeça.

Fiquei onde estava.

– Meus amigos – ele disse, deixando cair a corda enrolada –, não tenho más intenções. Se tivesse, eu teria mostrado isto para vocês em vez da corda.

Ele ergueu um terrível rifle com um pente de munição curvo.

– É uma AK-47 – Tempestade sussurrou. – Originalmente desenvolvida na União Soviética por Mikhail Kalashnikov, ela atira um cartucho de 39 milímetros com uma velocidade de boca de 715 metros por segundo. *Revista Armas Modernas*, junho de 1987. Ela supera facilmente um arpão, Tommy.

Tommy baixou sua arma. Nosso visitante baixou a dele.

– O seu barco... – ele falou. – Não está com uma aparência muito boa, hein?

– Nós tivemos um pequeno contratempo durante a tempestade – Tommy explicou.

– Ah. Isso explica a demora. Onde está o Thomas Kidd?

– Eu sou Thommy Kidd.

– O Doutor Thomas Kidd? O famoso caçador de tesouros mundialmente famoso? É você?

– É o nosso pai! – eu gritei. – Ele não está aqui agora.

– É mesmo? Puxa. O Grande Homem não vai ficar feliz.

– Quem é o Grande Homem? – Beck perguntou, movendo o quadril para o lado e colocando uma mão nele para mostrar um pouco de atitude ao nosso visitante.

– O Grande Homem é aquele que me enviou por um longo caminho para encontrar vocês, mocinha.

– E como exatamente você fez isso? – perguntei.

– Seu transceptor, camaradinha. Seu satélite e o rádio podem não funcionar, mas o sinal de rádio do seu radar AIS está funcionando muito bem, obrigado.

– Nós temos isso? – perguntei com o canto da boca.

– Sim – Tommy respondeu também com o canto da boca. Acho que isso também era coisa de filho mais velho.

– Sabem, Kidds, o seu pai deu os números do seu transceptor ao Grande Homem. Quando seu pai não aparece para entregar as mercadorias, bem, o Grande Homem me manda para *encontrar* as mercadorias. Em vez disso, eu encontrei vocês.

– Bem – Beck disse –, nós não sabemos de que tipo de mercadoria você está falando.

– Tudo bem. O Grande Homem vai saber. Você vem comigo, Tommy Kidd. Você explica para o Grande Homem por que ele não recebeu aquilo que o seu pai prometeu entregar.

– Não – eu disse. – Nós somos uma família. Vamos ficar juntos.

– Se o Tommy for – Beck acrescentou –, todos nós vamos.

– He-he-he! Muito bem. *Todos* nós vamos ver o Grande Homem.

Ele ergueu a corda de ancoragem novamente. Desta vez, Tommy fez um sinal concordando.

Eu desci a escada apressado.

– Amarre-me na sua proa, camaradinha.

Resmunguei quando peguei a pesada corda de cânhamo que ele atirou no meu peito. Puxando a corda até a coberta de proa, eu a lacei em torno de um cunho e a amarrei em volta com um nó firme. Corri até o convés e me juntei aos demais na casa do leme. No instante em que cheguei lá, ouvi os motores roncando.

A lancha disparou na frente e manobrou de um lado para outro para reduzir a velocidade.

– O que está acontecendo, Tommy? – perguntei enquanto *O Perdido* seguia o agitado e crescente rastro do rebocador.

– O cara de *smoking* está nos dando uma carona até a Grande Cayman, que é aonde queremos chegar. Assim nós economizamos combustível.

– Ah, tá. Legal.

Mas algo me dizia que sermos "encontrados" podia ser mais perigoso que permanecermos "perdidos".

CAPÍTULO 9

Na manhã seguinte, quando nós acordamos na Grande Cayman, imaginei que a gente fosse entrar na doca perto dos carregamentos de navios decadentes e suspeitos, todos eles levando armas AK-47, facões ou coisa pior.

Em vez disso, atracamos em uma marina muito sofisticada, nossa já gasta embarcação cercada por iates brilhantes e veleiros lustrosos.

– Bom dia, Kidds – alardeou nosso jocoso capitão de rebocador enquanto subia a bordo do *Perdido* ao amanhecer com um papagaio verde empoleirado no ombro. Concluí que a iguana estava de folga. – Eu trouxe akee e bacalhau para todos!

– O quê? – perguntou Tempestade.

– É um café da manhã tradicional e bastante popular aqui nas Cayman.

– Acabou todo o estoque de *Froot Loops* do mercado?

– Deixe disso, Tempestade – Beck interveio. – Experimente.

(Só para registrar, o café da manhã não parecia tão bom para ninguém a não ser Beck. Sério, quem come peixe no café da manhã além dos peixes maiores?)

Depois de fazer um esforço para engolir a comida (e desejando ter uns Tic Tacs), nós fomos levados até George Town para encontrar o Grande Homem – o que, aparentemente, ocorreria em uma espelunca com telhado de estanho chamada Cabana do Surfe.

– Esperem um minuto – Tommy disse enquanto nós todos nos atropelamos para sair do empoeirado Range Rover do Capitão Gancho. – Nós já estivemos aqui antes. Na época em que os gêmeos eram *bem* pequenos.

– Foi há seis anos – Tempestade completou. – Na segunda terça-feira de julho. A temperatura era de 28° Celsius, e caiu uma chuvarada repentina às três e quinze da tarde. Tommy recebeu uma prancha de surfe. Beck e Bick receberam pranchas de bodyboard. Eu experimentei rolls de frango assado com ovo pela primeira vez, e estavam deliciosos.

Parte da Cabana do Surfe era uma loja de surfe; outra parte, uma loja de barcos; outra, um nojento restaurante; e outra ainda, tenho certeza, uma fachada para mercado negro. Me recordei vagamente da mamãe e do papai negociando o pagamento das pranchas de bodyboard com os artigos que haviam trazido de um navio naufragado na costa da Jamaica.

O papagaio grasnou no ombro do Capitão Gancho.

– Ah, lá está ele! O próprio Grande Homem!

Um cara corpulento que pesava uns 130 quilos usando óculos de sol – com uma careca circundada por cabelos cacheados molhados – saiu desengonçado das sombras. Estava todo sorridente enquanto chegava à entrada da Cabana do Surfe parecendo um pinguim do tamanho de um urso. Usando uma camisa havaiana amarrotada (com manchas escuras de suor em formato de meia-lua sob cada axila), short largo tipo cargo e sandálias de dedo, ele parecia vagamente familiar.

– Louie Louie? – perguntou Tommy, seus ombros tensos soltando-se de alívio.

– Ah, sim. Em carne e osso, como se diz por aí. Em carne e osso. – Louie Louie bateu na barriga gelatinosa, que se sacudia, e riu. Ele meio que me lembrava o Papai Noel. Se o Papai Noel vivesse em uma pousada barata no litoral, tivesse problemas com odor corporal e ouvisse tambores de aço em uma cabana de palha polinésia Tiki o dia todo.

– Nossa. É tão bom ver vocês novamente. Faz muito tempo desde a última vez em que todo o clã Kidd esteve aqui conosco na Grande Cayman.

PRATOS DO DIA
- INTOXICAÇÃO ALIMENTAR
- COLHERES GORDUROSAS
- PEIXE QUE ESTAVA FRESCO SEMANA PASSADA
- GARÇONS INTRAGÁVEIS
- CAFÉ COM GOSTO PIOR DO QUE LAMA
A BARRACA DA RESSACA
PROMOÇÃO!
BLEH!

– Seis anos – Tempestade disse, secamente. – E, só por via das dúvidas, caso você não tenha percebido, nossa mãe e nosso pai não estão aqui.

– Ah, sim. É verdade. Eu percebi. Uma pena. Eles foram chamados para outra conferência?

– Algo assim – Beck respondeu. – Senhor Louie? Talvez a gente deva conversar sobre tudo isso... lá dentro?

– Ah, claro. Lá dentro. Uma ótima sugestão. Sair do sol. Saborear uma bebida refrescante. Pedir uma porção de bolinhos de molusco bem fritos, hein? Venham, crianças. Temos muito o que conversar. Muito mesmo, na verdade. Obrigado, Maurice.

Ele fez um leve aceno de cabeça para o homem que tinha nos rebocado até o ancoradouro na noite passada.

– Vai precisar de mais alguma coisa, Senhor L.?

– Não. Agora, não. Talvez mais tarde.

– Ah, sim. Ha-ha-ha-ha!

Maurice fez uma saudação tocando seu inútil quepe de policial com as pontas de dois dedos e retornou ao seu Range Rover. Nós seguimos Louie Louie até o seu sombrio estabelecimento.

– Uma pena que seu pai tenha sido chamado para fora do barco de maneira tão inesperada – o Sr. Louie disse enquanto o seguíamos pelas da Cabana do Surfe. – Ele estava me trazendo algo muito especial. Muito especial, na verdade. Foi um acordo muito sólido, segundo me recordo.

– Ei – Tommy chamou, tentando mudar de assunto –, estou vendo que você ainda tem aquela prancha de surfe autografada pelo Duke Kahanamoku.

– Ah, sim. Está aqui há anos.

– Eu achava que ela era chamada de Não-Encoste--Naquela-Prancha – Tommy brincou.

– Crianças. Que encanto – falou o Sr. Louie, dando uma risadinha forçada que soava como um ronco. Ele retirou os óculos de sol (que estavam ensebados na área onde encostavam nas sobrancelhas) e moveu seus pequenos olhos arredondados de um lado para outro rápida e disfarçadamente. – Você gostaria de encostar na prancha hoje, Tommy?

– Sério?

– Claro. Acho que isso vai se mostrar proveitoso para nossa discussão de negócios.

Tommy encolheu os ombros.

– Claro. Tanto faz.

Ele acariciou a quilha da prancha.

Eu ouvi um clique.

De repente, a parede inteira atrás da famosa prancha de surfe começou a deslizar, abrindo-se e revelando um conjunto de degraus ocultos que conduziam a um porão escuro.

– Desçam até o meu escritório, Kidds – Louie Louie disse, gesticulando na direção da escada e esfregando o suor de sua cabeça, que brilhava. – Temos sérias questões de negócios para conversar. Muito sérias, na verdade.

Agora nós também estávamos suando.

MARAVILHA. UM PORÃO ESCURO.
NEM UM POUCO ASSUSTADOR OU ARREPIANTE.

CAPÍTULO 10

O covil secreto de Louie Louie no andar de baixo estava abarrotado de tesouros e antiguidades.

Eu vi cálices de ouro, uma coroa cravada de joias. Dois vasos gregos (o papai teria me contado sua piada batida mais uma vez), uma armadura completa, broches bizantinos, espadas de piratas, um engradado cheio de pérolas, uma coleção de garrafas de vidro coloridas e arcas descoloradas pela água do mar repletas de joias e dobrões de ouro (exatamente como aqueles encontrados borbulhando na base de um aquário).

– Onde você conseguiu todas essas coisas? – perguntei.

– Com aqueles que, digamos, quiseram trocá-las por algo mais *esverdeado* – Louie Louie deu outra risadinha e sacolejou. – Dinheiro vivo.

UAU...

VELO DE OURO
PULGAS DE OURO
BONEQUINHOS DA POCAHONTAS QUE ESTAVAM FALTANDO (DA PROMOÇÃO DO BURGER KING)
CARDS DE BEISEBOL ROUBADOS DE ALGUÉM

– Então você é basicamente um receptador de objetos roubados? – Tempestade disse. Como eu falei antes, ela não é muito boa em pensar antes de falar. – Uma pessoa que lida com mercadorias roubadas?

– Ah, não. Sou apenas um humilde homem de negócios. Sou aquele que negocia com qualquer um que deseje negociar comigo. Por exemplo, o seu pai.

Mesmo estando apenas ele e nós naquele porão abarrotado, Louie Louie fez um teatro, olhando em volta para se certificar de que não havia ninguém mais para ouvir o que ele diria a seguir.

– Eu tenho um certo... *item*... que seu pai cobiçava muito. Uma bugiganga insignificante, na verdade. Um mero badulaque minoico, na melhor das hipóteses. É um amuleto. Metade da face de algum deus ou deusa inseto. Que não tem valor algum se não estiver com a sua outra metade. Ainda assim, seu pai me informou, em caráter estritamente confidencial, que esse *item* era de vital importância. Tinha algo a ver com uma terrível encrenca na qual ele e sua mãe estavam envolvidos. Digam-me, crianças, a sua mãe realmente desapareceu em algum lugar de Chipre?

Nós quatro trocamos olhares.

O que será que Louie Louie sabe sobre os negócios do papai e o desaparecimento da mamãe?

Eu estava prestes a contornar a pergunta com algum tipo de resposta inteligente, mas Tempestade despejou sua resposta antes.

– Ambos morreram. A mamãe, em Chipre. O papai, na tempestade.

Louie Louie pareceu chocado e surpreso.

Mas eu acho que vi o esboço de um sorriso.

– É mesmo? – ele perguntou, apertando as duas mãos gorduchas sobre o coração. – Nossa. Puxa. Vocês quatro são... órfãos?

– Sim – Beck disse, incorporando novamente a imagem de durona. – Mas continuamos com os negócios.

– Verdade? Digam: as autoridades aqui no porto sabem que vocês estão atualmente sem a supervisão ou a guarda de nenhum adulto?

– Não – respondi.

– Minha nossa. Acho que o orfanato local levará vocês.

Tommy deu um passo à frente.

– Está tentando nos assustar, senhor?

– Eu? Assustar pobres e indefesos órfãos? Céus, não. Entretanto, como amigo da família, sinto que devo alertá-los: vocês não estão seguros nas Cayman.

– Por que não?

– Bem, para começar, há a situação de orfandade que estávamos agora mesmo discutindo. E eu ouvi rumores sobre piratas que parecem bem interessados no seu pai e em certos itens a bordo do *Perdido*.

– Esses piratas querem o que o papai estava trazendo para você? – Beck perguntou.

– Talvez. É muito valioso.

– Então *você* também deveria estar com medo deles.

– Você levantou um bom ponto. Entretanto, tem mais uma coisa.

– Mais perigosa? – perguntei, porque o perigo parecia estar à espreita a cada esquina.

– Ah, sim. Um homem muito perigoso acabou de chegar a George Town. Um homem que vocês deveriam evitar. Ele está vindo para cá a fim de me encontrar em, hum... mais ou menos uma hora.

– Quem é ele? – Tommy perguntou.

O sorriso de Louie Louie passou repentinamente de um risco a uma boca maliciosamente escancarada.

– Nathan Collier.

Quando ouvimos esse nome, nós quatro ofegamos.

Capítulo 11

Nathan Collier era o inimigo número um do nosso pai. O rival dele. Collier era outro caçador de tesouros que vivia tentando roubar nossos achados ou levar os créditos pelas descobertas que nós fazíamos, porque ele não era muito bom em trazer nada de um mergulho a não ser pneus velhos.

– Você está fazendo negócios com Collier? – Beck perguntou.

– Como eu disse, sou um homem de negócios ávido para negociar com qualquer um que esteja ávido para negociar comigo.

– Eu achei que você fosse amigo do nosso pai.

– Ah, eu era. Infelizmente, como Tempestade apontou tão eloquentemente, seus pais não estão mais, digamos, *disponíveis* para serem meus amigos. Talvez Nathan Collier possa encontrar o item que eu desejo tão desesperadamente. Como mencionei, ele chegará em menos de uma hora para discutirmos o assunto.

– Você não precisa do Collier – eu disse. – Se o papai falou que traria algum tesouro para você, ele definitivamente está no *Perdido*.

– Bick está certo – Beck completou. – Nós vamos honrar o seu acordo com o papai. Mas você não vai levar seu tesouro para casa antes de contratar um pessoal para consertar o nosso barco.

Embora tenha apenas 12 anos, Beck é, na minha opinião, uma das negociadoras mais duronas do mundo. Minha irmã gêmea poderia convencer um cachorro a sair de um caminhão de carne.

– Quanta exigência. Minha nossa – Louie ria tanto que suas bochechas gordas ficavam vibrando. – Muito divertido. Muito mesmo, na verdade. Mas diga-me, garotinha: por que *eu* pagaria trabalhadores para consertar o *seu* barco?

– Em primeiro lugar, Senhor Louie, o meu nome é Rebecca. Em segundo lugar, porque *O Perdido* precisa de reparos e você precisa de algo que o nosso pai estava trazendo para você.

– Mas eu estou oferecendo a vocês o amuleto que ele desejava.

– Sim, senhor, mas você confundiu as coisas. Primeiro, chamou esse amuleto de "bugiganga" e "badulaque". Até mesmo comentou que era "insignificante". Por outro lado, o item que o papai estava lhe trazendo era um "tesouro". Agora que você colocou suas cartas na mesa, o único modo de fazer desta uma troca justa é, você sabe...

Eu ofereci a Beck as palavras que ela estava procurando:

– Precisa consertar o estrago.

– Exatamente – confirmou Beck. – Consertar o estrago com dois dias de reparos grátis. Você consegue uma equipe para consertar *O Perdido* por dois dias. Quando estiver pronto, nós lhe daremos o seu "tesouro".

– Caramba. Você pega pesado na negociação.

Beck encolheu os ombros.

– Eu puxei à minha mãe. Negócio fechado ou não?

Louie Louie correu a língua pelo lábio superior para engolir rapidamente o suor que escorria ali.

– Fechado, mas, Rebecca, se eu não encontrar o que estou procurando a bordo do seu navio, se eu ficar desapontado de *alguma* forma, vocês quatro ficarão me devendo o custo total do conserto. Vocês têm dinheiro suficiente para cobrir uma despesa tão alta?

– É claro que temos – Beck blefou. – Tivemos um ano excelente.

– Bom. Porque, se vocês falharem em satisfazer os termos do nosso acordo, eu vou, com a assistência do meu bom amigo Maurice, simplesmente tomar posse do *Perdido*.

Em outras palavras, dali a dois dias, se não déssemos a Louie Louie o que ele queria e não pudéssemos pagar pelos reparos, ele e seu companheiro adorador de iguanas com a AK-47 levariam o nosso barco embora.

Bye bye, empresa Família Kidd Caçadores de Tesouros.

Beck olhou ao redor do lugar.

Todos concordamos com a cabeça. Não tínhamos muita escolha.

– Negócio fechado – ela concluiu.

Ela estendeu o braço na direção da mão pegajosa de Louie Louie.

Eles apertaram as mãos.

Pobre Beck.

Não havia álcool em gel suficiente no mundo capaz de limpar os germes que um cara viscoso como Louie Louie deixava para trás.

Capítulo 12

Nos dois dias seguintes, a equipe de Louie Louie se espalhou por todo *O Perdido*, consertando buracos no casco, remendando velas, refazendo a fiação elétrica que havia entrado em curto-circuito. Felizmente, nem Nathan Collier nem os oficiais do orfanato local vieram bisbilhotar o estaleiro.

Eu tive a impressão de que o Capitão Gancho e sua iguana azul que servia de copiloto haviam nos rebocado a essa marina em particular porque sabiam que seria um bom lugar para se esconder. Ninguém fez muitas perguntas sobre nós ou sobre o nosso velho navio.

Mas havia uma menina, talvez com uns 19 anos de idade, que *prestou* muita atenção a tudo o que acontecia no *Perdido*. O pequeno iate esportivo e atraente dela calhou de ter sido estacionado na vaga ao lado da nossa na marina.

Na verdade, ela só prestava atenção quando Tommy Cabeça-de-Vento estava lá em cima, no convés.

A menina, cujo nome era Daphne, passava a maior parte do tempo tomando banho de sol.

– Cêis todos tão trabalhando no barco? – ela perguntou, com um leve sotaque do sul dos Estados Unidos, na primeira manhã em que 15 caras apareceram com caixas de ferramentas, martelos e serras para – dã! – *trabalhar no nosso barco*.

– É – Tommy respondeu. – Foi horrível. Mas *O Perdido*? Ele consegue aguentar praticamente qualquer coisa. Eu gosto de garotas como ele.

Foi aí que Daphne se sentou e começou a se abanar com um exemplar da revista *Bronzeado Moderno*.

Beck e eu estávamos trabalhando na popa. Eu estava com um pincel e um balde de tinta. Sentia-me feliz por ter o balde. Pensei que poderia arremessá-lo.

– Eu *adoraria* dar uma olhada aí no navio de cêis todos qualquer hora – Daphne confidenciou.

– Que tal agora?

– Nossa, seria demais, Tommy! – Daphne jogou a bolsa de praia sobre o ombro e meio que saiu dando pulinhos na direção da popa do barco dela enquanto Tommy deu passos largos e másculos na nossa direção.

Eu me virei para Beck, e poderia dizer que estávamos pensando a mesma coisa: *Alerta de intruso*.

Nós largamos nossas ferramentas, descemos a escada de mão e seguimos Tommy e Daphne até a cabine do convés.

– Nós conseguimos aquele filhotinho de cachorro perto da costa do Peru.

– Ohhh – Daphne gemeu.

– Tá – Beck falou, batendo as palmas das mãos. – O *tour* acabou. Nosso museu flutuante está oficialmente fechado.

– Beck? – reclamou Tommy. – Pare com isso.

Beck continuou.

– Você precisa deixar o local, senhorita.

– Desculpe? – Daphne tremulou seus cílios.

– Sumir – expliquei. – Cair fora.

Tommy fingiu dar uma gargalhada.

– Crianças... Eles não são adoráveis? Eles não querem dizer exatamente isso.

– Na verdade – retruquei –, nós queremos, sim.

– O que está acontecendo aqui em cima? – Tempestade perguntou, subindo do casco.

– Estas duas... crianças... estão sendo extremamente *rudes*!

Enquanto Daphne fazia seu papel de *nossa-eu-nunca*, Tempestade escaneou as paredes do mesmo modo como havia escaneado aquele livro. Ela fez uma varredura rápida ao redor e lançou um olhar para Beck, que era quem estava mais perto do que o papai costumava chamar de nosso armário de "Proteção contra piratas".

Beck o abriu.

E retirou dali a espingarda de cano duplo do papai.

Que ela mirou bem no coração de Daphne.

Aquelas bolinhas no top do biquíni dela formavam um excelente alvo.

Capítulo 13

– Você não se atreveria – Tommy disse para Beck.

– Ah, eu me atreveria, sim.

– Tommy! – Daphne guinchou. – Faça alguma coisa!

– O que está faltando, Tempestade? – perguntei enquanto Beck mantinha a espingarda apontada para Daphne.

– A máscara africana *mwana pwo*.

– Vasculhe a bolsa de praia dela – Beck vociferou.

Eu estava prestes a fazer isso quando Tommy apanhou a sacola de lona do ombro de Daphne.

A máscara africana estava na sacola.

– Daphne? – A voz de Tommy soou como se ele estivesse de coração partido quando pegou cuidadosamente a máscara e a entregou a Tempestade. – Você estava tentando roubar isto?

– É claro que não, bobo. Eu só achei que poderia ser divertido para o Halloween.

– Jura? – perguntei. – E você acha que vamos cair nessa?

– Vocês podem "cair" onde quiserem, sua pestinha atrevida.

Com isso, Daphne pegou a bolsa de volta, virou-se rapidamente e saiu rebolando pela porta.

Cerca de 10 minutos depois, nós a ouvimos ligar o motor e deixar a marina.

– Sinto muito por isso, meninos – Tommy lamentou enquanto nós todos ficamos parados no convés observando o iate de Daphne desaparecer. – Que cabeça-de-vento.

– Hum, você está falando da Daphne ou de você? – Beck perguntou, com a voz falha.

– Ambos – Tommy respondeu, colocando os braços sobre os nossos ombros. – Eu sou um perfeito bobão.

Aquilo fez com que todos nós sorríssemos, porque é por isso que a mamãe e o papai o chamavam de Tommy Cabeça-de-Vento: era o maravilhoso bobão deles. É meio que tipo ser um bobão. Só que mais querido.

***

Naquela noite, durante o jantar, quando todos os consertos tinham terminado, Tempestade lançou outra de suas insensíveis bombas:

– Foi bom o Louie Louie ter pago todos os consertos. Nós estamos duros.

– O quê?! – exclamou Beck.

– Eu conferi os números. Nós temos na conta dinheiro para quatro tanques de combustível e o equivalente a uma semana de mantimentos. Nada mais.

– Bem – eu disse –, alguém vai nos fazer um empréstimo.

– Não – Tempestade discordou. – Nós não temos absolutamente nenhum crédito em nenhum lugar.

– Mas o Louie Louie vem amanhã. Se não tivermos o tesouro que o papai prometeu a ele, vamos ter que pagar por todo o conserto.

– O que meio que será difícil de fazer sem nenhum dinheiro – Tommy completou.

– Então o que vai acontecer? – perguntei.

– Fácil – Beck respondeu. – Louie Louie vai tomar posse do *Perdido*.

Que piada, eu pensei. Depois de tudo por que o nosso confiável navio passou, ele finalmente afundaria.

Bem aqui na doca.

Capítulo 14

No primeiro horário da manhã seguinte, Louie Louie subiu a bordo do nosso navio.

– Bom dia, Kidds! – Ele estava usando metade de um prato de peixe salgado e ackee derramada na frente de sua camisa havaiana. – Nossa. Puxa – ele exclamou, admirando *O Perdido*. – As velhas garotas limparam direitinho, hein?

– Os caras que você contratou fizeram um bom trabalho – Tommy elogiou, limpando as mãos em um pano oleoso. Ele tinha estado lá embaixo, na sala de máquinas, certificando-se de que estaríamos prontos para disparar no instante em que o Sr. Louie ficasse satisfeito com seu tesouro.

– Ah, sim. Trabalhadores muito qualificados. Muito caros também. Agora, onde está o meu tesouro?

– Bem, senhor – expliquei –, como não sabemos ainda o que o nosso pai estava lhe trazendo, também não temos certeza de onde ele o guardou.

– Um belo enigma, não? O bom é que eu tenho uma solução. Deixem-me dar uma olhada. Vocês podem confiar no Louie Louie.

Olhei para Beck. Ela concordou com a cabeça meio hesitante, então eu conduzi Louie até a cabine do convés.

– Ah! Eureka! Aí está!

Tá. Tem dias em que se tem sorte mesmo.

Louie Louie andou desengonçado até a área da sala principal e tentou apanhar... você já sabe... a máscara africana *mwana pwo*.

– Que máscara maravilhosa, vocês não acham? Um verdadeiro tesouro!

Aparentemente, Daphne, a bela banhista, não era uma loira burra, afinal de contas.

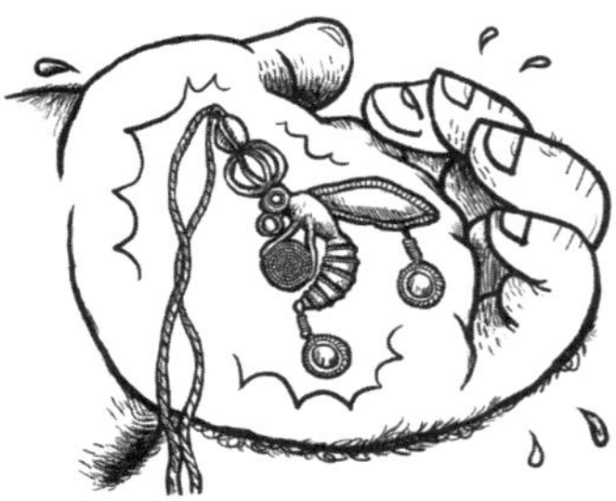

– Pois bem – disse Louie Louie –, como eu sou um homem de palavra, aqui está o item que seu pai desejava tão desesperadamente. – Ele estendeu a mão até um daqueles bolsos extras do largo short cargo e retirou dali um pingente de bronze em uma corrente de ouro.

– Como vocês podem dizer sem dúvida, este pobre camaradinha está sem o seu colega. Deveria haver uma segunda figura à esquerda. Por qual motivo o seu pai desejava com tanta urgência metade de uma bugiganga de bronze com formato de abelha, talvez nós nunca saibamos.

– Acho que isto conclui nossa transação, Senhor Louie – Beck avisou. – Como sempre, foi um prazer negociar com você.

– Sim, é verdade. – Os pequenos olhos de porco dele vasculharam a sala. – Tanto tesouro. Eu poderia examinar aquele elmo mais de perto?

– Sinto muito, senhor – lamentou Tommy. – Nós estamos levantando âncora com a próxima maré cheia.

– Indo embora tão cedo?

– Sim – respondeu Beck. – Precisamos ir para outro lugar.

– Eu poderia indagar qual é o seu destino?

– Qualquer lugar que não seja aqui – disparei.

– Sei. Bem, se decidirem buscar, digamos, um lar amoroso para mais algumas dessas peças...

– Nós lhe telefonaremos – Beck avisou.

– Excelente. Adeus, Kidds. Mais uma vez, minhas condolências pela perda de *ambos* os seus pais. – Louie se virou e saltou de volta para o estaleiro, a máscara já enfiada em um de seus muitos bolsos.

Tão logo Louie Louie estava fora da vista, Tempestade surgiu com sua lupa de relojoeiro e examinou o pingente de bronze com formato de abelha.

– Isto é bastante similar a um pingente de abelha minoico encontrado do lado de fora do palácio de Mália, na

ilha de Creta. Eu consigo ver aberturas de fechos para um segundo conjunto de suportes acima e abaixo da colmeia circular no centro.

– Então, Louie estava certo – Beck comentou. – Alguém mais tem a outra metade.

Tempestade não respondeu.

Em vez disso, ela falou:

– Ahá!

– O que você descobriu? – Tommy perguntou.

– Pequeninos trincos. Preciso de algo para alavancá-los e abri-los.

Entreguei a ela meu canivete do exército suíço com uma lixa pontuda para fora.

Ela cutucou a tranca.

A barriga saliente da abelha se abriu.

– Interessante – Tempestade comentou, mudando o canivete para uma pinça a fim de puxar algo do tamanho de um selo postal para fora da minúscula cavidade.

– O que é isso? – perguntei.

Tempestade segurou o pequenino fragmento de papel sob suas lentes de aumento e sorriu.

– Um mapa do tesouro.

Capítulo 15

Nós deixamos o porto na maré cheia do início da noite. Enquanto Tommy manejava o leme, Tempestade, Beck e eu nos apressamos até a cabine do convés. Estávamos reproduzindo as informações do mapa do tesouro em miniatura que encontramos na barriga da abelha em um mapa marítimo real.

– Não me espanta que o papai quisesse esta bugiganga de bronze com formato de abelha – Beck observou, fazendo sua melhor imitação de Louie Louie (o que incluiu um monte de vogais cheias de baba). – Este é o nosso mapa do tesouro das Ilhas Cayman!

– Vocês sabem o que isso significa? – perguntei.

– Ah, sim – Beck explicou. – Se encontrarmos esse tesouro, vamos poder adquirir mais de quatro tanques de combustível e algumas sacas de mantimentos.

Nossos problemas terão acabado! – Ergui os dois pu-

nhos, triunfante. – A empresa Família Kidd Caçadores de Tesouros está de volta aos negócios.

– Você pode estar certo – Tempestade falou, usando sua régua de paralelas e o compasso (os mesmos que provavelmente você usa na aula de geometria) para traçar nossa rota até o ponto onde o minúsculo mapa indicava que o tesouro nos esperava. – Há uma legenda no topo do mapa em miniatura.

– O que ela diz? – perguntei, ansioso.

– *Esquadra perdida de Córdoba*.

Beck e eu simplesmente nos inclinamos para trás na cadeira a fim de que Tempestade pudesse falar sobre sua memória de cinco bilhões de gigabytes de história náutica.

– Em 1605, a frota de nove navios de Córdoba navegou da fronteira da Colômbia para Havana. Após cinco dias, eles depararam com um furacão. Quatro galeões se separaram do restante da frota. Cada um desses quatro navios pesava mais de 500 toneladas, levava canhões de bronze e

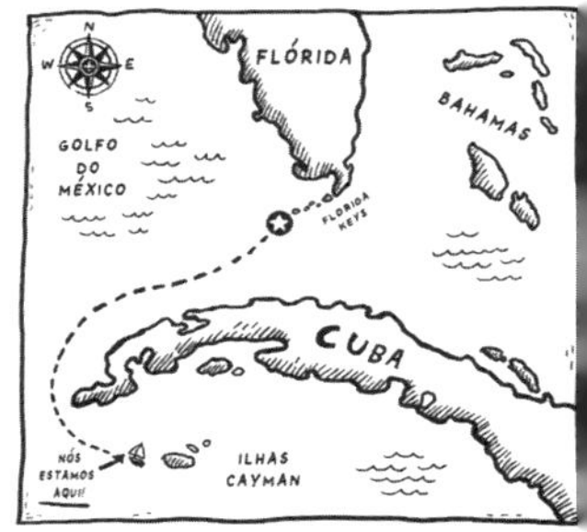

estava carregado de barras de ouro e prata do Novo Mundo. Nenhum deles jamais foi encontrado.

– Até agora – Beck disse.

Assim que Tempestade terminou de traçar nossa rota, enrolei o mapa e o levei correndo para Tommy, na casa do leme.

– Ele nos leva diretamente a um dos galeões da frota perdida de Córdoba!

– Ótimo – disse Tommy, porque ele sempre fica mais tranquilo que uma estrela-do-mar dormindo.

– Com certeza.

Tommy empurrou o leme com força para a direita.

– A gente deve chegar ao local de mergulho amanhã ao meio-dia.

– Demais!

Tudo estava progredindo.

Até eu cometer o erro de olhar a parte de trás de nosso barco para verificar nossa vela.

Outra lancha estava nos perseguindo. Ela tinha todo tipo de antena e radar no topo da casa do leme.

Ela também possuía uma luz vermelha que ficava girando.

– Er, Tommy... acho melhor a gente parar. É a polícia.

Capítulo 16

— O que está acontecendo, pessoal? – Beck perguntou, esticando o pescoço para fora da porta da cabine do convés. – Por que estamos diminuindo a velocidade?

– Polícia – eu disse. – Não se preocupe. Tommy e eu podemos lidar com isso.

– Tá – Beck disse. – Como se isso fosse acontecer. – Ela desceu os degraus parecendo constrangida. – Tempestade! – Eu a ouvi chamar. – Preciso da sua ajuda no computador.

– Pare seu motor e baixe a âncora – ordenou uma voz bastante oficial com sotaque britânico vinda dos alto-falantes do barco da polícia.

Tommy soltou o manete e parou o motor. Corri até a proa e baixei nossa âncora. Quando retornei à popa do navio, Tommy estava conversando com um oficial de tórax largo do RCIPS – o Serviço Real de Polícia das Ilhas Cayman.

O oficial de polícia estava usando uma versão muito mais limpa do quepe preto com a faixa vermelha que Maurice usava na última vez em que o nosso barco estava sendo perseguido pelas águas do Caribe. A enrugada camisa branca dele tinha dragonas nos ombros e bolsos com botões – um deles repleto com o que pareciam ser notificações de multa.

– Ok – ele iniciou. – Sou o Oficial Jackson Wilmot. Você é?

– Tommy.

– Você tem um sobrenome?

– Sem dúvida.

O policial baixou os óculos de sol e arqueou a sobrancelha de modo a deixar claro para Tommy que ele gostaria de escutar qual era o sobrenome.

– Ah, claro. Dã. Kidd. Sou Tommy Kidd. Nós só estávamos, sabe, por aqui, tentando nos refrescar.

– É mesmo? – Oficial Wilmot perguntou.

– A gente ia pescar em alto-mar – argumentei, com um sorriso grande e inocente.

Condestável Wilmot abriu uma caderneta de couro.

– Você deve ser Bickford Kidd, correto?

– Sim, senhor. Como sabe o meu nome?

– Uma terceira parte interessada o forneceu para nossa Unidade de Suporte Familiar. Rebecca e Stephanie Kidd também estão a bordo desta embarcação?

Sim. O verdadeiro nome de Tempestade é Stephanie.

– Talvez – disse Tommy.

Oficial Wilmot baixou as lentes novamente e arqueou a outra sobrancelha.

– Você, por um acaso, deixou o porto sem suas duas irmãs?

– Oficial Wilmot – eu disse –, por que, de repente, a expedição de pesca da nossa família se tornou algo para o RCIPS se preocupar?

– Nós temos razões para acreditar que você, o seu irmão e as suas duas irmãs estão atualmente nas Cayman sem supervisão adulta.

– Opa – Tommy interrompeu –, sou maior de 18. Daqui a, tipo, seis meses.

– E eu espero ser convidado para a festa. – Acho que isso foi o guarda fazendo uma piada. Às vezes não dá para ter certeza quando o contador da piada é britânico. – Entretanto, pelos próximos seis meses você é menor de idade aos olhos da lei. Portanto, tendo em vista que ambos os seus pais faleceram...

– O quê? – perguntou Beck, subindo os degraus da cabine para se juntar a nós na popa. – Quem falou que a mamãe e o papai estão mortos?

Oficial Wilmot girou rapidamente em seus lustrosos sapatos pretos na direção dela.

– Certas partes interessadas.

– Você quer dizer *certos mentirosos interesseiros* – Beck corrigiu, entregando ao guarda uma folha de papel. – E você poderia me dizer o que é isto?

– Um *e-mail* do nosso pai não morto. Ele vai nos encontrar em George Town assim que terminarmos nossas aulas de mergulho.

¿?!!?!
NOTÍCIAS FRESQUINHAS!
!!?

Capítulo 17

— Aulas de mergulho? – Oficial Wilmot repetiu, tirando os óculos de sol para que todos nós pudéssemos ver as duas sobrancelhas dele arqueando como taturanas céticas.

– É isso mesmo – Beck disse, porque não me viu tentando fazê-la se calar sem que o policial me visse.

– De acordo com seu irmão, madame, vocês estão atualmente em uma expedição de pesca em alto-mar.

– Bem – explicou Beck –, teoricamente, nós, er...

– Nós perseguimos o peixe com nosso equipamento de mergulho – eu falei. – E usamos arpões.

– Fascinante – Oficial Wilmot murmurou enquanto lia rapidamente o *e-mail* que Beck tinha acabado de lhe entregar. – Isto é do seu pai?

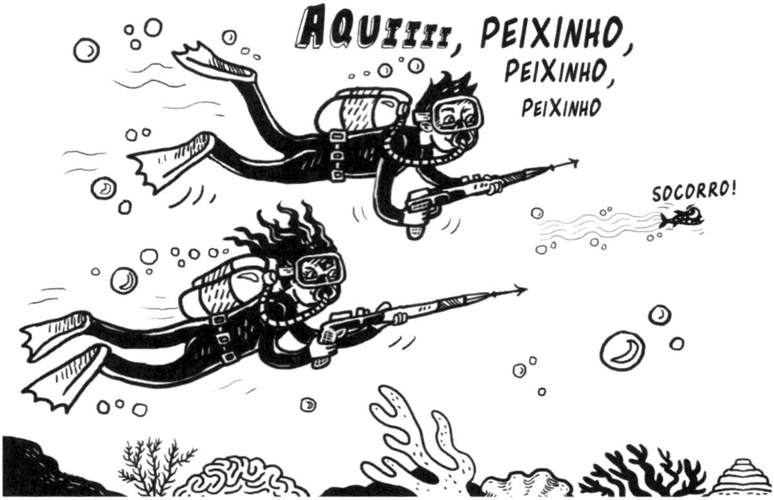

– Isso mesmo – Beck retrucou. – Ele está lá no estaleiro. Esperando por nós.

– Eu poderia indagar por que este e-mail foi *enviado* com o mesmo endereço de *para onde* foi enviado?

– Bem, hum, você sabe... a internet...

– Na verdade – completei –, o papai acha mais fácil usar apenas um endereço de *e-mail* porque tudo é sincronizado na nuvem dele. Ele costuma dizer coisas como: "Conceitos como *de onde* e *para onde* são meio que sem sentido hoje em dia, com a computação em nuvem, vocês não acham?".

O policial dobrou o *e-mail* e o devolveu a Beck.

– Este *e-mail* é obviamente uma falsificação. – Ele pegou o rádio que ficava preso em seu cinto. – Jenkins? Nós temos quatro para escoltar de volta a George Town. Também vamos precisar rebocar o barco deles até o porto.

– Com licença? – Tempestade havia retornado até a popa do navio. Reparei que a frente do short e da camisa dela estava ensopada. – Você trabalha para os Estados Unidos da América?

O policial baixou o rádio.

– Desculpe? – ele pareceu surpreso.

Tempestade apontou para a bandeira tremulando no balaústre da popa do barco.

– Nós estamos operando sob a bandeira dos Estados Unidos da América – Tempestade disse.

– Independente disso, senhorita, vocês estão atualmente sob a jurisdição do Serviço Real de Polícia das Ilhas Cayman...

– Acho que não, senhor. Enquanto você estava interrogando meus irmãos e minha irmã, parece que fomos levados pela correnteza até águas internacionais.

Era por isso que as roupas de Tempestade estavam molhadas: ela havia levantado nossa âncora para que pudéssemos nos mover mais para longe, para alto-mar.

– Tenho certeza de que você sabe, oficial – Tempestade continuou –, que os oceanos, os mares e as águas fora da jurisdição nacional são referidos como "alto-mar", ou, em latim, *mare liberum*, que significa "mar livre".

– Você deve ser Stephanie – falou o guarda, parecendo levemente enjoado.

– Prefiro ser chamada de Tempestade, o apelido que me foi dado pelo meu pai.

– Agora falecido.

Eu podia ver nuvens escuras e cinzentas se formando nos olhos de Tempestade conforme ela encarava Condestável Wilmot.

(Sim. Foi por isso que o papai deu a ela esse apelido.)

– Oficial – ela falou, soando como uma mãe superprotetora formada em Direito –, de acordo com a Convenção das Nações Unidas sobre Direito do Mar de 1982, uma vez que uma embarcação esteja 12 milhas náuticas distante da zona marítima contígua ao território do Estado costeiro sobre a qual se estende a sua soberania, ela passa a estar sujeita à jurisdição da nacionalidade do estado sob cuja bandeira esteja autorizada a operar.

Eu sorri. Porque eu sabia que Tempestade estava repetindo, palavra por palavra, uma página que ela havia memorizado daquele livro de Direito Marítimo.

– Portanto, visto que não operam sob a autoridade soberana dos Estados Unidos da América, vocês não possuem nenhuma jurisdição sobre nós em alto-mar. Por favor, retirem-se gentilmente do nosso navio.

Eu me senti como se estivesse cantando "Deus abençoe a América".

– Estou impressionado com seu conhecimento de legislação marítima – Oficial Wilmot respondeu. – Entretanto, ouso divergir de seus cálculos a respeito de nossa atual posição em relação a...

Antes que ele pudesse terminar, Beck pegou rapidamente sua câmera digital e tirou uma foto instantânea.

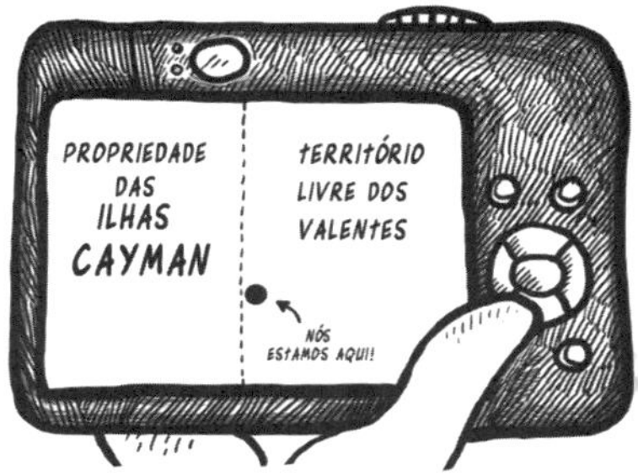

– Mocinha – bufou o guarda –, esta não é a hora nem o lugar adequado para...

– Veja só – comentou Beck, mostrando a tela da câmera para o guarda. – É uma câmera GPS.

Eu me juntei a ela:

– De acordo com um bando inteiro de satélites que nunca mentem, nós estamos em águas internacionais. E você, Condestável Wilmot, precisa sair do nosso barco.

O oficial do RCIPS ficou olhando para a pequena tela.

Com uma expressão bem séria, ele pegou o rádio.

– Jenkins? Suspenda minhas ordens anteriores. Apenas um estará a bordo. Ele cumprimentou Tempestade, mexendo decidido a aba do quepe de policial. – Boa jogada, mocinha.

Tempestade cumprimentou de volta.

– Gostei de conversar com você, oficial.

O guarda retornou para sua lancha, que se virou e navegou de volta em direção às Cayman.

Enquanto isso, no convés do *Perdido*, nós, Kidds, demos um empolgado abraço coletivo.

Ao redor de Tempestade.

Capítulo 18

A primeira coisa que Tommy fez ao retornar ao leme foi mudar o transceptor AIS para o "modo silencioso" para que ninguém pudesse rastrear nossa localização.

– É sempre um passo inteligente – ele observou, com uma piscada – em águas infestadas de piratas.

Ou quando os movimentos do seu navio estão sendo monitorados de perto pela polícia do último porto de escala. Ou talvez por Louie Louie.

Vamos encarar: alguém mandou o barco do RCIPS atrás da gente. Eu aposto no suposto amigo dos nossos pais. Reparei que Louie Louie estava babando no tesouro exposto na cabine do convés. Ele deve ter imaginado que havia artigos ainda melhores escondidos em algum lugar lá embaixo.

– Eu vou até A Sala – Tempestade anunciou.

– Por quê? – Beck perguntou.

– Algo superimportante. Vou esconder temporariamente alguns dos compartimentos secretos. Só para o caso de termos mais alguma companhia inesperada.

Tempestade seguiu para onde quer que tenha escondido A Chave da última vez.

– Quanto ainda falta para chegarmos ao local de mergulho? – Beck quis saber.

– Eu diria que umas 12 horas – Tommy respondeu.

– Nós vamos estar resgatando barras de ouro de um navio naufragado antes de nos darmos conta! – comemorei.

– Mas e se não houver nada lá embaixo? – Beck questionou. – E se voltarmos de mãos vazias?

– Ei, corta essa, Beck – Tommy disse. – Falar assim pode azarar o mergulho.

– Mas eu estou falando sério. Nós temos que encontrar esse tesouro, ou então afundamos.

– Opa! Péssima escolha de palavras, irmãzinha. Não desanime. Relaxe. Não importa como, a gente vai ser uma família de grande valor.

– Você promete, Tommy?

– Prometo.

Por volta das oito horas da manhã seguinte, nós baixamos âncora diretamente sobre o ponto onde o minúsculo mapa dizia que encontraríamos um dos galeões da esquadra perdida de Córdoba.

(Obrigado por desenhar o *X* gigante na água, Beck. Eu sempre achei que deveria haver um que ficasse se agitando para cima e para baixo nas ondas quando encontrássemos o local de um tesouro.)

– Preparar! – gritou Tommy.

Beck, Tommy e eu já estávamos usando nossa roupa de mergulho.

Tempestade, como sempre, ficaria no barco. Ela nunca mergulhava. Ela não suportava a sensação apertada e emborrachada do traje de mergulho, e, além do mais, alguém tinha que ficar a bordo para o caso de surgirem emergências.

Nós mergulhamos as nadadeiras na água para ficar mais fácil vesti-las e erguemos os pesados cilindros de ar sobre os ombros.

Regulei as alças sobre o peito e as afivelei. Virei a válvula do meu cilindro, ajustei o regulador na minha boca e fixei a máscara no lugar.

O líder de mergulho Tommy cortou a água como se fosse uma faca. Beck deslizou logo atrás dele.

Eu saltei do convés e mergulhei na água de cor turquesa.

Estava na hora de caçar algum tesouro!

Capítulo 19

Tudo estava silencioso.

Eu podia ouvir minha própria respiração, mas não muito além disso. As nadadeiras de Beck chutavam alternando-se alguns metros à minha frente, criando um redemoinho de pequeninas bolhas de ar que assustavam os peixes fluorescentes para todos os lados. Eu me apressei para alcançá-la.

Não demorou muito para chegarmos ao fundo. A água que penetrava no navio do tesouro afundado talvez estivesse à profundidade de 12 metros. Vi um peixe que parecia uma cobra com barbatanas ondulando sobre um recife de coral de sete tons de rosa. À minha esquerda, Tommy estava levantando um escuro redemoinho de areia ao movimentar um detector de metais submergível para a frente e para trás ao longo do solo oceânico.

Ele sacudiu a cabeça negativamente.

Nada.

Beck estava à minha direita, esquadrinhando o chão de areia com seu detector de metais. Eu a segui, remexendo o chão ao meu redor. Se encontrássemos moedas ou barras de prata, ou outro elmo de conquistador espanhol, os detectores começariam a apitar no nosso ouvido.

Nada.

Nós ficamos procurando.

Durante 45 minutos inteiros.

O nível de ar de nossos cilindros estava ficando perigosamente baixo, e eu podia ver que Beck estava tão frustrada quanto eu.

De repente, Tommy fez sinal de que havia encontrado algo.

Beck e eu nadamos até onde ele estava sacudindo um objeto retangular (uma arca do tesouro, talvez?) para livrá-lo de uma mancha turva de areia e conchas. A coisa estava tão impregnada de sujeira oceânica que não havia como dizer o que era até conseguirmos limpá-la. Nós ajudamos Tommy a empurrar o que quer que ele tivesse encontrado até uma rede de captura, e nós três agitamos as nadadeiras e puxamos a carga, que era bem pesada, até a superfície.

Quando finalmente erguemos a rede para o convés, o objeto aterrissou com um pesado golpe.

Tommy removeu o regulador da boca e retirou a máscara.

– É isso, pessoal! É grandão. Iahuuu!

– Essa rede estava tão pesada! – Beck gritou.

– O ouro sempre é pesado – acrescentei, entusiasmado.

Nós três subimos a escada de mergulho e começamos a trabalhar jogando água com a mangueira em nosso tesouro para limpá-lo. Foi quando percebemos duas coisas.

Primeira, não era espanhol. Segunda, não era tesouro.

Era uma pequena cadeira apodrecida cor de madeira flutuante, com um buraco no lugar do assento. Sob o buraco havia um balde enferrujado com uma alça acoplada.

– É um penico antigo – Tempestade, que tinha ficado por perto para inspecionar nossa descoberta, explicou. – Sabe, pessoal, não acho que muitos conquistadores espanhóis usavam isto. Os outros conquistadores teriam rido deles.

Tommy, Beck e eu ficamos pingando no convés, olhando para baixo na direção do achado da nossa primeira caça ao tesouro sem o papai e a mamãe.

TRONO DA DAHLIA, dizia a inscrição no encosto.

Seria um sinal de má sorte?

Nosso negócio de caça ao tesouro estaria fadado a terminar no banheiro?

No momento, com certeza parecia.

Capítulo 20

— Bickford? – Beck chamou. – Posso ver você lá na proa?

– Claro, Rebecca.

Como você pode imaginar, nosso fracasso total no mergulho tinha deixado minha irmã e eu no clima para a Tagarelice dos Gêmeos número 427.

– Nós cometemos um erro enorme! – Beck berrou no instante em que estávamos sozinhos no púlpito da proa. – Não podemos continuar caçando tesouros sem o papai e a mamãe! Nós somos péssimos!

– Um mergulho ruim não quer dizer que a gente esteja fora dos negócios – eu disse. – Vamos voltar lá para baixo.

– Por quê? Você também quer encontrar a chupeta da Dahlia? Talvez as fraldas sujas dela?

– Não, Rebecca, eu quero encontrar o ouro daquele galeão espanhol perdido.

– Oi? Terra para Bickford! Você estava na mesma água que eu? Não há nenhum galeão espanhol lá embaixo.

– Há, sim.

– É mesmo? Quantos conquistadores espanhóis se chamavam Dahlia?

– Se o galeão espanhol não está lá embaixo – eu gritei –, por que alguém desenhou um mapa dizendo que estava?

– Porque eles são uns... er... uns cabeças-ocas.

(Sim, como observado antes, Beck com frequência tem dificuldade para se expressar verbalmente. Então ela tenta compensar isso nos desenhos.)

Ah, fala sério. Isso é mesmo necessário? O que a Dahlia diria se visse o que você fez com o trono dela?

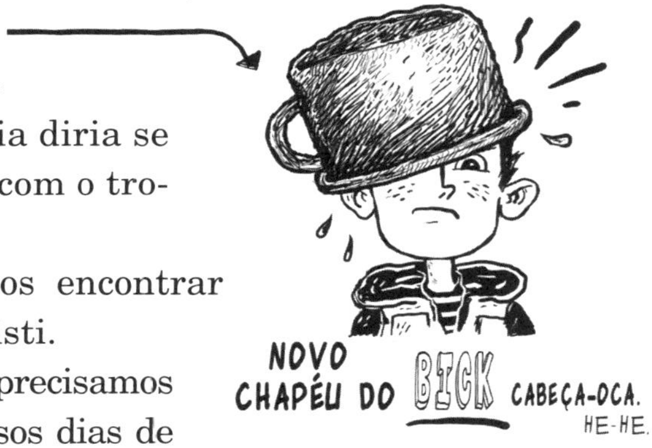

– Nós precisamos encontrar aquele tesouro – insisti.

– Não, Bick, nós precisamos encarar os fatos. Nossos dias de caça ao tesouro já eram. Já eram desde que o papai se afogou.

– O papai não se afogou! Ele não está morto!

– Bem, nós certamente afundamos.

– Não, não afundamos.

– Afundamos, sim. Nós temos que desistir desse negócio estúpido da família de uma vez por todas.

Isso doeu.

– Mesmo?

– Talvez.

– Nossa.

– Isso seria horrível, né?

– Total.

Esse foi provavelmente o término da nossa tagarelice mais rápido de todos os tempos.

Beck fez um biquinho.

– Eu não quero ir para uma escola de verdade. Tudo o que eles têm para desenhar são gizes de cera e pintura de dedo. Não têm lápis de carvão nem canetinha de ponta fina. Algumas escolas nem têm aulas de arte!

Eu já estava ficando bem cansado da atitude negativa de Beck, mas o falatório dela me deu uma ideia.

– Beck: é isso! Uma caneta de ponta fina... Nós podemos ter estragado a reprodução do mapa!

– O quê?

– E se nós fizemos algo errado na hora de copiar o minúsculo mapa do tesouro para o mapa marítimo? Pense nisso: aquela coisa é do tamanho de um selo postal. Uma caneta de ponta grossa pode ter nos afastado um milímetro aqui ou ali, e terminamos em um ponto totalmente errado.

– Você tem razão! Nós só temos que estudar aquele mapinha com muito mais cuidado.

– Vamos – eu disse. – Tempestade ainda está com ele. Vamos pedir para ela reproduzi-lo novamente.

– Talvez a gente possa escaneá-lo no computador! – Beck gritou, conforme nós saímos correndo pelas laterais do navio, segurando na balaustrada por todo o caminho. O vento estava soprando com força, batendo e formando ondas em nossas velas. – Depois a gente pode colocá-lo sobre os mapas digitais do nosso aplicativo náutico.

– Excelente sugestão, Rebecca!

– Ora, obrigada, Bickford.

Nós chegamos até a popa e vimos Tempestade engatinhando no chão para procurar alguma coisa. Tommy estava em pé na casa do leme.

– Tempestade? – chamei.

– Eu estava estudando o minúsculo mapa porque talvez eu tenha cometido um erro quando desenhei o mapa marítimo, e o vento soprou, e...

Ela parou.

– Sinto muito.

Lágrimas escorriam das bochechas dela.

Aquele vento tempestuoso?

Ele havia dado ao nosso minúsculo mapa do tesouro um precipitado enterro no mar.

Capítulo 21

Eu acho que, se Tempestade não fosse nossa irmã, Beck e eu *a* teríamos lançado ao mar também.

Mas ela é nossa irmã, então nós a amamos muito mais por ser, bem, Tempestade.

Assim, naquela noite, nós tentamos esquecer que Tempestade simplesmente havia arruinado nossa vida, e fizemos um esforço para amá-la novamente.

– Acidentes acontecem – eu disse.

– Geralmente quando eu estou por perto – Tempestade completou, secando as lágrimas.

Minhas irmãs e eu descemos até a cabine das meninas. Tempestade estava sentada na beirada da cama de baixo do beliche, olhando para os joelhos e soluçando.

E dizendo "sinto muito" várias vezes.

– Eu sinto tanto, tanto, pessoal. Sério. Vocês não têm ideia de quanto eu sinto.

– Bem – falou Beck –, as coisas são como são. Não há nada que possamos fazer para mudar o que aconteceu.

– É – eu disse, tentando deixar para trás o nosso último desastre como se não fosse nada de mais. – Então a gente perdeu um mapa do tesouro. Pelo menos ainda temos uns aos outros.

Tá. Eu sei que isso soou mais brega do que o pior cartão comemorativo da prateleira mais sem noção. Mas eu tinha que dizer alguma coisa.

Tempestade olhou para cima. Em vez de nuvens escuras de tempestade nos olhos dela, tudo o que eu vi foi uma abatida tristeza.

– É justamente isso. Eu sou um estorvo para vocês três. Não sou boa em nada. Eu não mergulho. Não tenho utilidade na hora de içar as velas ou de ajustar o cordame. Vamos ser francos: eu não sou nada além de uma bolha inflada de lastro. Uma massa inerte que está levando o restante de vocês para baixo.

– Na verdade – Tommy resumiu, fazendo uma aparição-surpresa do lado de fora da porta da cabine de Tempestade e Beck –, como você sabe melhor do que ninguém, Tempestade, por ter memorizado completamente todos os verbetes de terminologia náutica na Wikipédia, o lastro é algo colocado em um navio para, hum... como era mesmo?

Tempestade não pôde evitar completar a lacuna deixada por Tommy:

– Manter a estabilidade desejada.

– É, é isso o que eu ia dizer. O lastro, como um balão, pode... er...

Tempestade deu um sorrisinho.

– Controlar o centro de gravidade.

– Exato – Tommy disse. – Você é a nossa rocha, Tempestade. De um jeito bom. Não tipo, sabe, como uma pedra no caminho. Ou uma pedra no sapato.

– Você é como o rochedo de Gibraltar – eu continuei. – É o centro de rocha sólida que ajuda o restante de nós a continuar em frente.

– Obrigada, pessoal – Tempestade murmurou. – Mas...

– Mas nada – Beck retrucou. – Quem foi que passou a perna naquele guarda das Ilhas Cayman ontem?

– E quem desmascarou Daphne, a ladra da máscara? – acrescentei.

Agora Tempestade não pôde evitar abrir um belo sorriso. Ela levantou a mão.

– Fui eu!

– E você não foi, nas duas ocasiões, completamente incrível? – Tommy perguntou. – Além do mais, se você

quer saber, aquele mapa que a gente estava seguindo era uma porcaria. Fala sério: que tipo de pirata desenha seu mapa do tesouro no verso de, tipo, um pedaço rasgado de ingresso de cinema?

– Mas e a nossa crise financeira? – Tempestade questionou.

Tommy fez uma pausa.

– Então você acha mesmo que estamos em uma crise aqui?

– Sim, Tommy.

– E você também diria que esta é uma situação tipo... de emergência?

Tempestade fez que sim.

– Legal – Tommy elogiou.

– Hã? O quê? – Beck estranhou.

– Bem, se Tempestade declarou estado de emergência, estou livre para agir. Bick, prepare-se para içar âncora.

– Hã?

– Nós precisamos preparar a vela para Florida Keys. Vamos desenterrar alguns dobrões espanhóis dos quais eu estou sabendo.

– O quê? – Beck, Tempestade e eu gritamos juntos.

Tommy levantou os ombros.

– Ei, o papai me disse que, se houvesse uma crise de emergência financeira, e ele e a mamãe não estivessem por perto, nós deveríamos ir buscar a reserva para a nossa faculdade. Ele até me mostrou como encontrá-la. Legal, né?

Ninguém falou uma só palavra. Desta vez eu fiquei mudo. Por sorte, tenho uma gêmea bocuda para me ajudar em situações como essa.

– Você quer dizer que sabia aonde poderíamos ir para nos abastecermos com tesouros durante todo esse tempo e esperou até *agora* para contar? – Beck parecia incrédula.

– Eu esperei até Tempestade dizer que era uma emergência financeira – Tommy explicou. – Foi isso o que o papai me mandou fazer, porque ele confiava nela para saber quando seria a hora de mexer no nosso último recurso. Ela é a nossa, sabe, bússola, ou algo do gênero. Ela nos diz para onde ir.

Tempestade se levantou.

– O papai falou isso sobre mim?

Tommy fez que sim.

– A gente não poderia fazer isso sem você, Tempestade. Você é tão importante quanto qualquer um de nós. E não se esqueça disso.

Capítulo 22

— Nós precisamos entrar na Sala – Tommy orientou. Tempestade saiu correndo da cozinha. Quando retornou, ela cheirava a grãos de café e tinha um pó marrom espalhado por toda a mão direita.

Acho que a gente já sabe onde ela escondeu A Chave desta vez.

Tommy abriu a sólida porta de aço, e nós quatro entramos juntos na Sala.

– Hum, o que aconteceu com aquele grande mapa antigo? – Beck perguntou.

– Eu o escondi – Tempestade contou. – E também os pôsteres das pinturas e o Al Capone.

– Onde?

– Sinto muito – Tempestade disse. – Essa informação é confidencial.

Beck piscou.

– Muito bem.

Tommy se sentou à escrivaninha e ligou o computador do papai. Nós nos aglomeramos atrás dele para podermos enxergar a tela.

– Tá, vejam só isto – Tommy explicou, clicando em uma pasta chamada RESERVA PARA A FACULDADE KIDDS.

O arquivo se abriu e listou diversos documentos e arquivos de imagens.

– Vocês se lembram da lenda sobre os quatro galeões perdidos da esquadra de Córdoba?

– Claro – respondi, num tom agudo. – Um deles estava carregando vasos sanitários de ouro maciço.

– Bem, essa lenda não é totalmente verdadeira.

– Dã – Beck ironizou. – Não precisa nos lembrar.

– Não é isso, eu quero dizer que há apenas *dois* navios ainda faltantes. O papai já encontrou os outros.

– Não pode ser – duvidei.

– Pode. Na verdade, ele os encontrou 12 anos atrás, logo depois que vocês dois nasceram.

Tempestade levantou a mão.

– Tommy, como você sabe de tudo isso?

– O papai me contou. Daquela vez que você encontrou A Chave para nós no pote de biscoitos. De qualquer forma, logo depois que a mamãe teve Beck e Bick, o papai encontrou esses outros gêmeos submersos. Ele comentou comigo que achou uma incrível coincidência ter gêmeos e achou que os barcos gêmeos eram, tipo, um presságio.

Tommy clicou com o *mouse* e a fotografia de uma imagem submersa apareceu. Ela mostrava dois galeões espanhóis, um ao lado do outro, no fundo do mar, com os mastros cheios de cracas totalmente entrelaçados, quase como se fossem esqueletos dando as mãos.

– O da esquerda ele apelidou de *La Hermosa Señorita Rebecca*. O da direita ele chamou de *El Muy Brillante Señor Bickford*. De acordo com o manifesto do navio... – Ele clicou com o mouse de novo e moveu a barra de rolagem para acompanhar uma lista de tesouros incríveis. – ...

estes dois galeões carregavam mais de duas mil caixas de moedas de ouro e prata, além de barras maciças, centenas de lingotes de cobre, joias, medalhas religiosas e outras coisas sem valor como baunilha, chocolate e índigo.

– Hum, Tommy – Beck chamou –, é por isso que ontem você me pediu para relaxar? Que, não importava como, a gente seria uma família de "*grande valor*"?

Tommy Cabeça-de-Vento abriu um sorriso tímido no rosto.

– É. Eu estava meio que brincando com, sabe, a palavra *valor*.

– E você sabe como chegar ao ponto de mergulho? – Tempestade perguntou.

Tommy conectou um *pen drive* no computador.

– Melhor que isso. Eu só preciso copiar este arquivo náutico, carregá-lo no computador da casa do leme e colocar *O Perdido* no piloto automático. Não fica muito longe de Alligator Reef, a sudeste de Upper Matecumbe Key. Mas é longe o suficiente para ninguém mais saber da existência dele.

– É sério mesmo, Tommy? – eu perguntei, porque não podia acreditar que finalmente íamos virar o jogo.

– É. Amanhã a esta hora, eu imagino, nós vamos ser os meninos mais ricos do mundo. Com exceção, sabem, daquele menino da revistinha, o Riquinho.

Eu ergui os braços e gritei:

– Uhuuu!

Quando o arquivo náutico foi copiado para o *pen drive*, nós quatro marchamos para fora da sala e seguimos em séquito até a casa do leme cantando canções de *rock* e cantigas de marujos, como costumávamos fazer quando nos aventurávamos com a mamãe e o papai.

O papai, em particular, gostava de uma boa música do Jimmy Buffett. Então, enquanto Tempestade escondia A Chave em algum novo local, Beck, Tommy e eu começamos uma versão muito alta e extremamente desarmônica de "*Cheeseburger* no Paraíso".

Parecia que estávamos de volta aos velhos tempos – sabe, seis meses antes.

A perspectiva dos próximos dias estava melhorando. Pelo menos eu tinha a ótima sensação de que, quando aportássemos, depois de pôr as mãos na nossa reserva para a faculdade, poderíamos pedir quantos *cheeseburgers* quiséssemos.

CAPÍTULO 23

Nós navegamos rumo ao norte pelo nordeste na direção do tesouro na costa da Flórida, nossa alma flutuando por causa da esperança e da louca expectativa a respeito do mergulho que viria.

Pouco depois do meio-dia, Tommy buzinou cinco vezes bem alto.

Sim, era mais alto até do que quando o Palmeiras vencia o campeonato.

– O *software* náutico está fazendo todos os barulhos certos! – Tommy gritou do tombadilho. – Preparem-se!

Beck e eu estávamos com nossos trajes de borracha molhados desde o café da manhã (nada ruim para comer, por sinal, especialmente se você bebe fazendo barulho e acaba babando).

Tempestade estava ao nosso lado, ajudando-nos a regular as alças do cilindro e a checar as válvulas, distribuindo as mochilas de mergulho, ficando de prontidão com cilindros novos para que nós pudéssemos continuar mergulhando o dia todo. Mas desta vez Beck e eu não levamos nossas varas para cutucar o solo. Tommy estava tão confiante com relação às coordenadas de mergulho do papai que seria o único apitando com o detector de metais.

– Vocês vão precisar das mãos livres para escavar – ele disse, dando uma piscadinha.

Quando nós três estávamos prontos, demos as mãos e pulamos juntos na água.

Basicamente a gente vê uma parede de bolhas embaixo d'água depois disso.

Tommy fez uma série de sinais com as mãos para nós – terminando com polegares virados para baixo.

Não se preocupe: no mergulho, isso é uma coisa boa. Significa: descer.

Nós fomos descendo devagar até o solo, esperando o momento em que nossos galeões gêmeos apareceriam.

Um cardume de cinco bilhões de peixes prateados com listras parecidas com as de tigres se dividiu na nossa frente como se fossem cortinas abrindo-se em um palco.

NÃO, O MAR NÃO É FEITO DE REFRI.
ESSAS SÃO AS NOSSAS BOLHAS.

E lá estava ela: a silhueta dos mastros entrelaçados. Nós tínhamos encontrado os navios escondidos do papai, encalhados em um recife de corais. E eu sei que isto vai soar estranho, mas, só por um segundo, senti como se o papai estivesse bem ao meu lado, dando tapinhas no meu ombro e fazendo um grande sinal de ok com a mão para mim porque tínhamos nos saído bem.

Nós tínhamos mantido a família unida.

Tínhamos ajudado uns aos outros durante as dificuldades, e chorado por causa dos mapas do tesouro perdidos.

Agora estava na hora de colher a nossa recompensa.

Tommy nos guiou ao redor de um canhão coberto de crustáceos e para baixo através de uma estreita abertura na escotilha. Uma porção de peixes dourados nadava ao nosso lado, provavelmente curiosa para ver o que nós encontramos lá embaixo no porão de carga do Rei Filipe III, do galeão espanhol há muito tempo esquecido.

Eles não ficaram desapontados.

Tommy movimentou uma lanterna, e eu pude ver que estávamos dentro de um recinto que tinha o comprimento, a largura e a profundidade do nosso navio inteiro. A câmara de madeiramento pesado era como um armazém cheio de arcas cobertas por cracas (parecia que alguém havia derrubado concreto molhado sobre elas) empilhadas umas por cima das outras.

Tommy fez um sinal para mim, e nós logo nos dirigimos até uma arca no topo de uma pilha. Então, usando nossas facas de mergulho, nós quebramos o frágil cadeado e soltamos a camada de crosta que se prendia ao ferrolho.

Tommy ergueu a pesada tampa.

Sabe aquelas bolinhas das piscinas de bolinhas? Imagine isso, mas, em vez de bolinhas coloridas, coloque no lugar moedas de ouro.

Tommy e eu pegamos aquele monte de tesouro cintilante com as mãos enluvadas. Havia tantas moedas que elas caíam por entre nossos dedos como conchinhas em um balde.

Eu não pude evitar: fiz um movimento lento, comemorando com os braços, e fazendo um som tipo... bem... como se eu estivesse gritando embaixo d'água. Nós estávamos *ricos*! Estávamos *mais do que ricos*!

Beck nadou até nós carregando um velho elmo enferrujado que ela tinha acabado de encontrar. Então nós três usamos nossas pás e começamos a encher bolsas e baldes e até mesmo o elmo com várias cargas de dobrões de ouro maciço.

Fizemos, no total, sete mergulhos até o navio naufragado.

Enquanto estávamos levando a carga para cima, Tempestade ficou encarregada da contagem das moedas e de arrumá-las em sacos de pano – aqueles grossos que são carregados nos carros blindados que levam dinheiro para os bancos. Ela colocou as joias (diamantes, esmeraldas, rubis) em sacos separados e manteve os artefatos em outra pilha para futuros estudos.

Antes de o sol se pôr, nós já tínhamos o equivalente a vários milhões de dólares na forma de artigos a bordo do *O Perdido*.

Não nos sentíamos mais tão perdidos.

Tommy disse que não havia necessidade de sermos gananciosos. Que seria inteligente mantermos a nossa conta no banco dos tempos "das vacas magras" aberta, para o caso de precisarmos voltar e fazer outro saque.

Se fosse considerar o tesouro que eu tinha visto no porão de carga daquele galeão, isso não aconteceria tão cedo. Nós quatro poderíamos frequentar qualquer faculdade que escolhêssemos, se quiséssemos ir para a faculdade. Nós provavelmente poderíamos comprar um time de futebol ou até mesmo um novo estádio.

Tommy estava certo. Nós éramos, de repente, os meninos mais ricos que já navegaram pelos sete mares!

CARAMBA!

PARTE 2

O MAPA DO TESOURO DO PIRATA REI

Capítulo 24

Só havia um problema em ter dez dúzias de sacos com dobrões de ouro antigos: não dá para levá-los até uma máquina de converter moedas e retirar dali notas de dinheiro.

Então eu dei uma sugestão:

– Nós podemos ligar para o Louie Louie.

Beck fez um de seus famosos gestos de colocar o dedo na garganta.

– É sério – continuei. – Olha, eu sei que o cara é desprezível. Mas ele conhece pessoas que lidam com coisas como estas.

– Bick pode estar certo – Tempestade disse. – Afinal de contas, nós não cumprimos integralmente todas as leis de recuperação de objetos e descobertas conforme estabelecido na Convenção das Nações Unidas sobre Direito do Mar.

Em outras palavras, não estávamos sendo totalmente desonrosos ao recuperar a carga, mas certamente beirávamos a desonestidade.

– A gente deveria ligar para o mala – Tempestade opinou de maneira bem direta. – O papai tem um telefone por satélite na Sala.

– Ele tem? – Tommy estranhou. – Uau. Vocês ligam; eu vou nos levar para longe daqui. Não quero despertar nenhuma atenção indevida para o nosso ponto secreto de pesca.

Beck e eu seguimos Tempestade até o banheiro do lado de fora da cabine da mamãe e do papai.

A Chave estava presa na parte de baixo da tampa do vaso sanitário.

Então nós seguimos até A Sala, e Tempestade indicou o telefone via satélite – que estava servindo de peso para papel sobre uma pilha de pastas de arquivos.

– Agora nós só precisamos encontrar o número do telefone do Louie Louie – eu disse.

– Hum, está aqui – Back mostrou, analisando a parte da frente do aparelho de telefone.

– O quê?

– Louie Louie. Ilhas Cayman. Código de área três, quatro, cinco. Foi a última chamada que o papai fez antes de... vocês sabem...

– Desaparecer? – perguntei, para que Beck e Tempestade não pudessem dizer "morrer".

Beck apertou o botão de rediscagem do último número registrado e acionou o viva-voz.

– Oi, aqui é o Louie. Como posso ajudar?

Beck me passou o telefone para que eu falasse.

– Er... Senhor Louie, aqui é o Bick Kidd.

– Mesmo? Nossa. Puxa. Que surpresa agradável. A que devo o prazer desta ligação? Vocês estão procurando um comprador para, digamos, sua carga?

– Não, senhor. Nós queremos fazer uma pergunta.

– Mesmo? Podem fazer.

– Digamos que fomos fazer um mergulho e encontramos alguma, sabe, "mercadoria". Onde seria um bom lugar para fazer um... hum... câmbio legal?

Houve um longo silêncio.

– Vocês encontraram mercadoria?

– Sim, senhor.

– Recentemente?

– Sim, senhor. Esta tarde.

– Mesmo? Puxa. Nossa. As surpresas nunca terminam? Parabéns. O seu pai e a sua mãe estariam muito orgulhosos. Muito mesmo, na verdade. Agora, bem, onde vocês estão localizados neste momento?

– Hum, isso é meio confidencial.

– Sei. É claro. Perfeitamente compreensível. Entretanto, se eu vou encaminhar vocês para um... negociante de mercadorias, preciso de uma posição geográfica aproximada.

Beck indicou a palavra *Miami* com os lábios sem emitir som.

Foi uma boa escolha. Miami ficava a cerca de 160 quilômetros ao norte do nosso tesouro secreto.

– Miami – eu disse.

– Ah! Ótimo. Eu tenho uma amiga em Miami. Uma mulher de negócios interessada em fazer negócios com quem estiver interessado em fazer negócios com ela.

– Ótimo. Onde nós encontramos essa sua amiga?

– Eu vou cuidar de tudo. Basta me telefonarem quando chegarem ao porto que eu fornecerei a vocês novas instruções.

– Obrigado, senhor.

– É claro que os meus honorários de intermediário serão de 15 por cento.

– Mas *nós* encontramos o tesouro.

– E eu encontrei o negociante. Se as minhas condições são de alguma maneira insatisfatórias...

Eu consultei minha superior para negociações, Beck. Ela não gostou, mas concordou com a cabeça. Tempestade, em compensação, não estava prestando muita atenção à conversa telefônica. Ela estava ocupada lendo velozmente os papéis em uma pasta de papel pardo.

– Está bem – concordei. – Você terá os 15 por cento.

– E, é claro, minha amiga terá direito à parte dela também.

Beck confirmou novamente.

– Certo. Nós telefonaremos para você quando chegarmos a Miami.

– Eu poderia sugerir que vocês aportassem na Marina Sea Spray?

– Não se isso for nos custar mais 15 por cento!

– Ah, não, meu jovem. A marina já me paga um belo adiantamento por todas as recomendações.

– Ótimo. Ligaremos quando entrarmos na doca em Miami.

Apertei com vontade o botão para desligar a chamada.

– Eca! – Beck disse, com arrepios. – Minhas orelhas ficam viscosas só de escutá-lo.

– É. Ele meio que meleca tudo até pelo telefone.

– E ele melecou isto aqui também – Tempestade reclamou, dando tapinhas na pasta do arquivo. – De acordo com as anotações do papai, Louie Louie tem a chave... de *tudo*.

CAPÍTULO 25

Tempestade nos mostrou as anotações (rabiscadas com a letra do papai) que tinha acabado de encontrar dentro da pasta de papel pardo:

– Quem é o Professor Lewis? – Beck perguntou.

– Um especialista em antiguidades – respondeu Tempestade, que, aparentemente, havia memorizado a última edição de *Quem é Quem: Especialistas*. – Com a mamãe fora da jogada, o Professor Lewis era provavelmente a única pessoa em quem o papai confiaria para autenticar o amuleto da abelha. Ele leciona na Universidade de Colúmbia, na cidade de Nova York.

– Nós deveríamos levar o pingente para ele – Beck disse.

– Ou levá-lo para a mamãe, lá em Chipre – eu sugeri.

– Pessoal? – Tommy falou, aparecendo na porta. – Primeiro o mais importante. Vamos vender o nosso tesouro.

Nós entramos na doca em Miami na marina sugerida por Louie Louie. Ele então nos conduziu até uma figura sombria chamada Senhorita Laticia, que se revelou uma polivalente negociante do mercado negro com uma queda por órfãos.

– Desde quando eu li aquele livro do Dickens! – ela ofegou com voz rouca, entre acessos de tosse.

A mulher fumava muito.

Tempestade havia memorizado o preço do ouro nas casas de câmbio naquela manhã, então nós sabíamos que a Senhorita Laticia estava oferecendo um preço justo pelos nossos dobrões (menos os 30 por cento de taxa

de execução, que ela dividiria com Louie Louie). A Senhorita Laticia então transferiu nossos rendimentos via eletrônica para a conta bancária de "Crédito da Família Kidd" que havia aberto para nós – completa, com cartões de débito que Tommy testou no caixa eletrônico mais próximo antes de oficialmente fecharmos o negócio.

Então, sem nunca fazer nenhuma pergunta sobre onde ou como nós encontramos o nosso tesouro, a Senhorita Laticia chamou uma limusine e nos enviou para o nosso navio com uma pasta cheia de notas de 100 dólares.

– Imagino que vocês, garotos, poderão usar um pouco de dinheiro "de sair por aí" para combinar com seu novo fundo de crédito multimilionário! – Ela tossiu uma risada que fez com que o cilindro de cinza de cinco centímetros da ponta do cigarro dela caísse.

Com nossas preocupações financeiras oficialmente resolvidas, nós quatro nos atropelamos para entrar na parte de trás de uma limusine elegante.

– Para onde? – o motorista perguntou.

– Nova York – Beck disse.

Eu respondi "Chipre".

– Calma aí, pessoal – Tommy alertou. – Eu estou morrendo de fome.

– Eu também – Tempestade reforçou.

Agora que eles mencionaram, Beck e eu concordamos com o fato de que comida seria um excelente primeiro investimento.

– Quem faz os melhores *cheeseburgers* em Miami? – perguntei.

– Fácil – respondeu o motorista. – É o Cheeseburger Baby, em South Beach.

E foi para lá que fomos, cantando "*Cheeseburger* no Paraíso" no teto solar aberto durante o caminho inteiro.

Capítulo 26

O luminoso na janela do Cheeseburger Baby dizia: EI! ESTAMOS ABERTOS.

Nós entramos correndo e pegamos os banquinhos no balcão. A gente estava com tanta fome que todo mundo – inclusive o motorista da limusine, que não havia almoçado e ficou feliz em saber que estava convidado – pediu o *double cheeseburger* de 500 gramas. Tommy, a máquina de comer, tinha considerado pedir o Castigador, um hambúrguer de *dois quilos*. Se o cliente conseguir terminar de comer, ganha uma camiseta grátis e sua foto no *Hall* da Fama do *Cheeseburger* Baby.

– A camiseta não ia ficar bem em uma barriga estufada – ele resolveu.

REFRI
BATATAS FRITAS
CHEESE BURGER
CHEESEBURGER BABI

Tempestade tinha pedido uma porção metade de batatinhas com cheddar e metade com molho picante. Beck e eu fomos de cebolas fritas.

E todos nós pedimos sorvete com refrigerante.

Muitos deles. Isso levou a vários arrotos de alegria, o que, é claro, atraiu muita atenção, incluindo risadinhas de um monte de meninas bonitas. Elas admiraram o "apetite" de Tommy. Eu acho que ele admirou o biquíni delas.

Então ele decidiu pedir milk-shakes para elas.

E para os amigos delas.

E para os amigos dos amigos delas.

Logo, nós estávamos comprando *shakes* cremosos e encorpados para todo mundo no restaurante – incluindo dois caras musculosos com bigodes antiquados e uma menina de óculos de sol que poderia ter sido a Beyoncé.

Finalmente, nós pagamos a conta com quatro das nossas notas de 100 dólares e colocamos discretamente outro Benjamin (Tommy me contou que esse é o jeito descolado de dizer "nota de 100 dólares") no balcão de gorjeta para os caras da chapa, os garçons e os preparadores dos *shakes*. De barriga cheia, saímos andando pesado até a limusine.

– Foi bem divertido – comentei, me esticando no banco de trás, liberando um arroto de ruído supersônico de cinco segundos. – Mas agora precisamos discutir seriamente o que vamos fazer com o nosso dinheiro.

– Investi-lo – Tempestade disse. – Sou muito boa em investimentos online.

– Voltar aqui amanhã – Tommy sugeriu. – Algumas daquelas meninas escreveram o número do telefone delas em guardanapos.

– Concluir o plano do papai – Beck falou. – Vamos navegar para Nova York.

– Não – retruquei. – Nós precisamos voltar para Chipre e resgatar a mamãe.

E esse foi o início da Tagarelice dos Gêmeos número 428.

Eu acho que foi uma das mais longas. Sem dúvida, foi uma das mais cheias de gritaria e públicas: bem na frente de Tempestade e Tommy – que tentou nos ignorar observando as palmeiras que passavam através das janelas com vidros de diferentes tonalidades da limusine. O motorista aumentou o som do rádio para abafar o som.

– A mamãe está morta! – Beck gritou.

– Não, ela não está! – eu gritei de volta.

– Você é um sonhador, Bickford!

– E daí? Sem sonhos, o que sobra?

– Uma anotação do papai que diz: “Vá para Nova York”, idiota!

A Tagarelice continuou durante o caminho inteiro de South Beach até a marina.

Ela *continuou* enquanto Tempestade pagou o motorista e Tommy balançou a cabeça e rolou os olhos.

Na verdade, Beck e eu ainda seguimos com a Tagarelice ao longo de todo o caminho do píer e ao chegarmos ao ancoradouro onde havíamos atracado *O Perdido*.

Nós só paramos quando um homem com óculos de sol espelhados saiu da cabine do convés do *nosso* barco e gritou: “Rebecca? Bickford? Parem com isso. Vocês dois estão me deixando com dor de cabeça!”.

Capítulo 27

O homem com os óculos de sol espelhados – que desembestou a falar em um daqueles fones de ouvido bluetooth com o qual ele parecia estar no filme *Jornada nas Estrelas* – era o nosso Tio Timothy.

Ele não é nosso tio de verdade; é (ou era?) o melhor amigo do papai.

– Despache a extração. – Eu o ouvi dizer a ninguém, o que significava que ele estava falando aquilo para alguém que estava no ouvido dele.

Por falar nisso, eu nunca vi o Tio Timothy sem os óculos ou um acessório de celular apertado na cabeça. Acho que ambos estão cirurgicamente incorporados ao crânio dele.

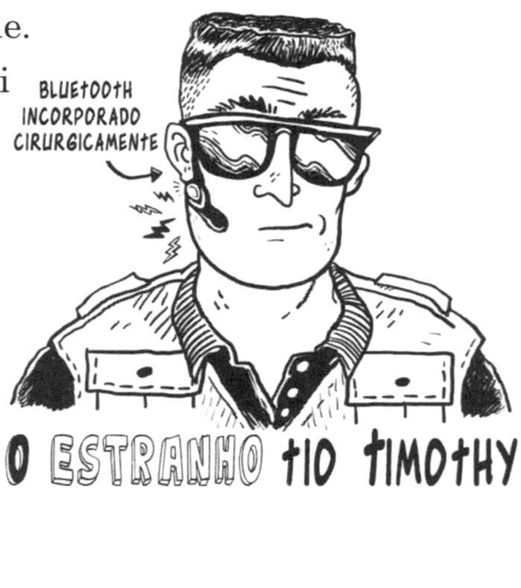

– Os itens estão em posição – ele disse. – Retire o pacote às onze em ponto. Você está pronto para ir.

Tio Timothy estava sempre dizendo coisas inúteis como essas para alguém. Durante um longo tempo, achei que ele talvez trabalhasse para os Correios ou a FedEx.

– Como é que vocês estão se virando, pessoal? – ele perguntou.

Nenhum de nós respondeu, porque achamos que ele ainda estivesse conversando pelo Bluetooth.

– Thomas?

– Hã?

– Como vocês estão?

Tommy afagou a barriga.

– Um pouco cheios agora, Tio Tim, mas, sabe, indo.

– Bem, não se preocupem. Fiquei sabendo que aconteceu com o seu pai. Estou aqui para assumir o posto dele *No Perdido*.

– Hum, Tio Timothy? – eu disse.

– Sim, Bick?

– Como você "ficou sabendo" do papai?

– Espere um pouco. – Ele colocou dois dedos no bluetooth. – Bem, cheque a previsão do tempo de novo. As nuvens se deslocam a vinte-e-dois-trinta. O teto baixo vai bloquear a lua cheia, então a zona de pouso estará escura. Siga o protocolo. Retire o pacote. Eu não lembro exatamente como fiquei sabendo disso, Bick. Só sei que soube.

Imaginei que ele estivesse falando comigo de novo. O que me fez pensar se eu deveria ir buscar um pacote para ele.

– Hum, bem – comentei –, é só que é meio interessante você saber do desaparecimento do papai quando na verdade nós ainda não contamos para ninguém.

– Mas – Beck falou, soando desconfiada – todo mundo parece saber disso. Você, Louie Louie...

– Ele estava com o amuleto? – Tio Timothy quis saber.

– O papai? – eu perguntei.

– Não. Louie Louie.

– Sim – Tommy respondeu. – Louie estava com ele. Mas nós o trocamos por uma máscara.

– Ótimo. A máscara não tem nenhum significado. A abelha é a chave.

– Total – disse Tommy. – Eu acho. Não tenho muita certeza do que significa ou de por que todo mundo fica dizendo isso...

– O que há na mala? – perguntou Tio Timothy, mudando rapidamente de assunto e apontando para a pasta de alumínio que Tempestade segurava contra o peito com os dois braços.

– Ah, isso é... – Tommy começou.

Eu o cortei.

– ... o nosso novo kit de ferramentas. Deixa tudo organizado em espaços apropriados. Martelos, chaves de fenda, chaves-inglesas, um conjunto inteiro daquelas coisas retorcidas que ninguém nunca usa. Bem, Tio Tim, foi ótimo rever você.

– E – Beck disse –, se precisarmos de alguma coisa, com certeza entraremos em contato.

– Ei – eu completei –, talvez você devesse deixar o número do seu celular com a gente.

– Não é necessário, Bickford. Vou ficar a bordo do *Perdido*.

– Por quê? – Tempestade perguntou de maneira áspera. – Nós estamos bem. Realmente não precisamos da sua ajuda.

– Sim, Stephanie. Vocês precisam. O pai de vocês me nomeou seu tutor legal no caso de um desastre, e eu acho que o fato de ele cair no oceano durante uma tempestade tropical e se afogar se enquadra nisso. E você?

Eu estava prestes a dizer: "O papai não está morto" quando Tio Timothy revelou uma pilha de quatro documentos parecendo oficiais. Todos eles tinham CERTIDÃO DE TUTELA impresso no topo com o selo do estado da Flórida.

Os formulários listavam nossos nomes, datas de nascimento e números de registro. Também eram assinados, autenticados e com firma reconhecida. Poderiam ser forjados, mas, se fossem falsos, eram muito bem feitos.

– Então, o que vocês querem jantar hoje? Talvez ir até South Beach comer uns *cheeseburgers*?

Ugh. Comer com o Tio Timothy era a última coisa que eu queria – tirando o fato de ele assumir *O Perdido*.

Mas parecia que nós não tínhamos escolha.

O Tio Timothy ia ficar.

Capítulo 28

Na manhã seguinte, Tommy e eu repassamos nossa lista de itens pré-viagem: desconectamos os cabos de energia do suporte no embarcadouro, amarramos o velame, prendemos a corda da vela principal no gancho e fizemos umas quarenta outras coisas que costumamos fazer sempre que nos afastamos da costa.

Nós tínhamos feito uma votação familiar tarde da noite enquanto Tio Timothy estava zanzando pelo tombadilho falando sem parar em seu celular sobre "lavagem a seco", "blowback" e "ração de frango" (eu imaginei que ele estivesse conversando com um fazendeiro que havia tido um infeliz acidente no galinheiro e precisava mandar lavar seu casaco) e decidimos que usaríamos a nossa gorda conta bancária para seguir as misteriosas instruções do papai e nos dirigirmos a Nova York de modo que o Professor Lewis pudesse autenticar o amuleto minoico de abelha. Nós não íamos pegar o próximo voo para Chipre para resgatar a mamãe.

Contamos ao Tio Timothy os nossos planos de rumar para o norte.

Não falamos para ele sobre o dinheiro na pasta.

Então, por volta das dez da manhã, descobrimos por que nem sempre vale a pena oferecer milk-shakes de chocolate para as pessoas.

Enquanto Tommy e eu estávamos preparando *O Perdido* para navegar, dois policiais de Miami com bigodes antiquados apareceram no nosso ancoradouro. Isso mesmo. Os mesmos dois sujeitos bigodudos do Cheeseburger Baby.

– Um momento, filho – disse o primeiro deles enquanto subia a bordo do *Perdido*.

– Precisamos falar com vocês – informou o outro, conforme subia atrás de seu parceiro.

– Er... oi, pessoal – cumprimentei. – Qual é o problema?

– Por que você não nos diz? – falou o primeiro.

– Assim todos nós vamos saber – completou o outro.

– Vocês andaram mostrando muito dinheiro ontem.

– Dinheiro demais para garotos da idade de vocês.

– De onde tiraram aquela grana?

– Estão transportando drogas nesta embarcação?

Eles continuaram atormentando Tommy e eu, martelando a gente com um monte de perguntas, sem nunca nos dar chance de responder.

–Talvez vocês dois e as irmãs de vocês precisem passar uma noite como nossos convidados – declarou o primeiro.

– No Centro de Detenção Juvenil de Miami-Dade – completou o outro.

– Ou poderíamos mandar vocês diretamente para um programa de adoção temporária.

– Ou para um orfanato.

– Os *cheeseburgers* não são muito bons nos orfanatos.

– Nem as cebolas fritas.

Foi quando Tio Timothy, seguido de Beck e Tempestade, surgiu vindo da cabine do convés.

– Bom dia, oficiais. Meus filhos estão envolvidos em algum tipo de problema?

– Seus filhos?

– Isso mesmo. – Tio Timothy logo estendeu o braço para apertar a mão dos policiais. – Sou Timothy Kidd. Estes são os meus filhos, Thomas e Bickford. E minhas queridas filhas, Stephanie e Rebecca.

– Bem, talvez você possa responder algumas perguntas para nós.

– Vou tentar – Tio Timothy disse, arrumando seus óculos de sol espelhados.

– Onde seus filhos arrumaram dinheiro suficiente para pagar um milk-shake para todo mundo no Cheeseburger Baby? – perguntou o primeiro.

– E batatas fritas – completou o outro. – Eu comi batatas também.

– Fácil. Eu dou aos meus filhos uma mesada bastante generosa. Acho que mimo as crianças. Mas, sabem, desde que a mãe deles morreu, bem...

Tio Timothy agiu como se a memória de nossa mãe morta o fizesse perder a fala.

– Desculpem, oficiais. Eu não queria chorar assim. É que vocês trouxeram à tona lembranças muito dolorosas. Nós... todos... sentimos tanto... a falta... dela... BUÁÁÁÁÁÁ!

Tio Timothy abriu o berreiro. Os dois policiais começaram a recuar.

– Está tudo bem, Senhor Kidd.

– Sentimos muito pela intromissão.

– Nossas condolências pela sua perda.

– E... hum... obrigado, garotos. Pelos milk-shakes.

Então eles basicamente saíram correndo da marina.

Quando já tinham ido embora, Tio Timothy tocou o fone de ouvido bluetooth e foi andando de volta para a cabine do convés.

– Desculpe por isso, Dieter... Emergência familiar. Ligue para Paris. Contate a Direção-Geral da Segurança Exterior...

– Tá – falou Beck, depois que ele saiu. – Acho que devemos essa para o cara.

Todos nós fizemos que sim com a cabeça. Ele não havia nem nos perguntado sobre o dinheiro que os guardas disseram que tínhamos esbanjado.

Mas ele tinha ficado sabendo que o nosso pai caiu ao mar sem que nós tivéssemos lhe contado.

Então não havia mesmo como ter certeza: *Tio Timothy era um sujeito do bem ou do mal*?

Capítulo 29

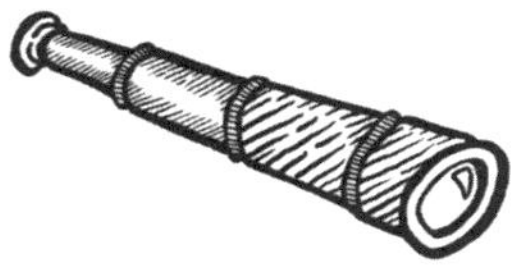

Antes que tivéssemos chance de descobrir qual era realmente a do Tio Timothy, ele recebeu outra ligação que o fez sair correndo de Miami em uma embarcação prateada polida que parecia se movimentar mais como uma nave espacial aerodinâmica do que como uma lancha.

Enquanto se preparava para partir, ele falou:

– Sinto muito, crianças. Tenho que resolver um negócio urgente. Mas lembrem-se: o seu pai está contando com vocês para cuidar do negócio urgente *dele*. Sigam o plano que ele traçou para vocês. Levem esta coisa até Nova York!

Começamos a navegar mais ou menos uns 20 minutos mais tarde – apenas nós quatro de novo. Mas, quando estávamos a uma hora do porto, eu meio que desejei que Tio Timothy ainda estivesse com a gente a bordo fingindo ser nosso pai.

Porque três barcos pequenos ameaçadores apareceram no horizonte.

Tommy ergueu o binóculo.

– Eles não parecem muito amigáveis.

Eles também pareciam ter motores de corrida acoplados à parte externa da popa arredondada do casco de base achatada.

– Estou contando três homens em dois dos barcos e dois no outro – Tommy disse.

– São piratas – Beck perguntou.

– Parecem mais tipo surfistas – opinou Tommy, baixando o binóculo.

Como para provar que Tommy estava errado, um dos caras do segundo barco ficou em pé e começou a balançar uma bandeira pirata vermelha – decorada com uma bola de futebol americano. Eu acho que ele a comprou na loja de suvenires do time Buccaneers da Baía de Tampa.

– Precisamos aumentar a velocidade – Tommy gritou. – Baixem e estiquem a vela principal até o mastro. Soltem aquela torção no topo.

– Sim, sim!

Beck e eu subimos correndo no topo da cabine do convés para cuidar da vela.

Quando tínhamos feito os ajustes, *O Perdido* definitivamente ganhou velocidade.

– Quero que o vento chegue até nós pela lateral! – Tommy gritou enquanto movia o leme com força para o porto. – Tempestade? Posicione minhas velas 45 graus para o vento!

Tempestade fez alguns cálculos trigonométricos de cabeça na velocidade da luz e começou a berrar vetores e direções para Tommy conseguir colocar nossas velas em posição perfeita.

Logo nos movimentávamos rapidamente, a duas vezes a velocidade do vento.

Mas até mesmo o barco mais veloz tem um limite de velocidade. Quanto mais rápido navegávamos, mais as ondas ao longo do nosso casco aumentavam. Finalmente, ultrapassamos nosso limite, que chamam de velocidade máxima do casco, e foi como se a gente estivesse velejando com dificuldade, tendo que fazer um esforço para não desanimar.

Logo um dos barcos estava bem atrás de nós. Os outros dois vinham se aproximando das laterais a bombordo e a estibordo.

– Solte a sua vela principal! – gritou o sujeito em pé na proa do barco diretamente atrás de nós. – Ou então eu vou soltar para você!

Ele estava segurando a coronha de madeira de uma velha metralhadora e tinha bandoleiras de balas cruzadas sobre o peito.

Dois arpéus vieram voando pelas laterais e engancharam nos corrimões.

– Solte essa vela, mano! – O homem atrás de nós deu um repentino tiro no ar.

– Solte a vela, Bick! – Tommy gritou. – Beck, deixe a vela cair solta!

Nós fizemos o que Tommy disse. *O Perdido* esvaziou todo o vento das velas e ficou balançando para um lado e para o outro como uma rosa-dos-ventos, nossa proa apontando na direção em que o vento soprasse. Nós basicamente paramos de repente e arrastamos aqueles dois barcos pirata enganchados.

O cara com a metralhadora – um surfista tatuado de cabelos compridos oleosos e cavanhaque metido a descolado – pulou na nossa popa. Os sete comparsas surfistas dele subiram em seguida.

– Corrida irada, mané – o líder dos piratas falou para Tommy na casa do leme enquanto seus desprezíveis cúmplices se aglomeravam pelas laterais do navio, abrindo todo tipo de tranca para tentar roubar novas balas para suas armas. Pareciam um bando de caras bronzeados desprezados pelos motoqueiros de um bar.

– Mas agora, Capitãozinho Mergulhador – o líder pirata continuou –, você precisa dar uma acalmada...

Tommy simplesmente ficou em pé na casa do leme, observando a aglomeração de desagradáveis piratas lá embaixo e protegendo Tempestade, que havia se movimentado para trás dele com essa intenção. Beck e eu mantivemos nossa posição no topo da cabine do convés. Por um segundo, pensei em deslizar o pau-de-carga sobre eles para derrubá-los, mas eu só seria capaz de atingir metade dos bandidos antes de a outra metade abrir fogo com aquele terrível carregamento de armas.

– Relaxem, maninhos. Nós não queremos nenhum dos seus elmos de conquistadores espanhóis nem cabeças de coco.

Todos os amigos dele riram.

– Nós só queremos o que está na Sala.

SURFAR OU MORRER!
RADICAL!

Capítulo 30

— Venham, *mis amigos* – gritou o capitão pirata. – Precisamos descer as escadas.

Beck e eu olhamos um para o outro. Nossos olhos se faziam a mesma pergunta: *como era possível esses piratas surfistas noias saberem sobre A Sala*?

Os oito bandidos surfistas dirigiram-se rapidamente para os aposentos do convés. Isso foi bem estranho. Eles nem deixaram alguém vigiando a gente. Ei, se você tiver que deixar seu barco ser invadido, eu altamente recomendo os do tipo surfistas bobocas.

– Tommy! – gritei.

– Vamos lá! – ele disse. – Beck? Fique grudada com Tempestade.

Tommy e eu escorregamos pelas escadas da proa e corremos até os aposentos. Surpreendentemente, nenhum dos piratas estava pilhando qualquer dos tesouros em exposição na sala, exceto um baixinho metaleiro de rabicho, que estava de olho no elmo de conquistador espanhol.

Tommy e eu descemos correndo para a parte mais baixa do navio.

O líder pirata estava tentando arrombar a porta de aço da Sala.

Depois, alguns dos cúmplices dele tentaram usar a boca dos rifles como alavanca para abrir a porta. Depois de muitos gemidos e resmungos, cinco deles começaram

a chutar a porta – você nunca consegue muito resultado ao fazer isso se estiver usando meias aquáticas.

– Está bem, Capitãozinho Mergulhador – o chefe, vermelho de raiva, disse para Tommy –, onde está a maldita chave?

Tommy encolheu os ombros:

– Sei lá.

– Nosso pai estava com ela quando caiu do barco – acrescentei.

– O quê?! – exclamou o chefe pirata.

– Bem, sabe, aconteceu uma tempestade. O céu escureceu. O vento chegou do oeste levando tudo. "Deite no chão, pessoal!", papai gritou da cabine do convés enquanto lutava com o leme para nos impedir de capotar. Eu estava lá em cima, no cesto da gávea, minha camisa se rasgou toda por causa da força dos ventos que uivavam...

Os piratas valentões estavam engolindo cada palavra minha.

Exceto o chefe deles.

Ele destravou a culatra de sua arma.

– A chave, menino. Onde está?

– No fundo do oceano – informei, tentando fingir um soluço do mesmo modo como Tio Timothy fazia. – No cofre de Davy Jones com o velho e querido papai. BUUÁÁÁÁÁÁÁÁ!

– Pare de chorar. Onde está a chave-reserva?

– Não existe.

– O quê?

– Nosso pai, que descanse em paz, era meio sovina. Comprava todas as camisas dele na Quemarca. E as chaves para esse cofre custavam mais ou menos dez pilas cada. Também é necessário um chaveiro. Não dá para ir até a primeira loja idiota mais perto e simplesmente...

– Revirem o barco! – gritou o líder pirata.

– Uhuuu! – os amigos arruaceiros dele gritaram em resposta.

De repente, lençóis e travesseiros estavam sendo arrancados dos nossos beliches. Travesseiros voavam. Alguém enfiou um coco na pia embutida e abriu o jato de água, inundando o chão. Tudo o que não estava parafusado ou pregado na parede foi derrubado, chutado, batido e transformado totalmente em lixo. Eles destruíram até o vidro do expositor da nossa faca de bife Titanic. O baixinho de rabicho chutou longe o elmo do conquistador, na direção do companheiro dele, que estava picando nossas luzinhas de festa no formato de pimenta jalapeña.

Olhei para Tommy.

– São só porcarias – ele resmungou. – Deixa pra lá.

Felizmente, nós já havíamos trocado todos os nossos dobrões de ouro com a Senhorita Laticia, e Tempestade tinha sido esperta o bastante para guardar nossa pasta de alumínio cheia de dinheiro em um dos vários esconderijos do *Perdido*.

O líder pirata enfiou dois dedos na boca e assobiou.

– A hora da brincadeira acabou. Vamos agarrar e colocar o embrulho nas costas e ir embora.

Os ladrões saíram correndo das cabines e da cabine do convés e começaram a atirar as armas para o alto como o Eufrazino Puxa-Briga, do Pernalonga.

– Fique aqui! – Tommy gritou, correndo atrás dos piratas.

– Sim, claro.

Corri as escadas atrás dele, mas pude ouvir os motores do barco dos piratas já partindo.

Encontramos Tempestade ainda em pé na cabine do leme, mas agora ela estava chorando como louca.

– O que aconteceu de errado? – gritei. – Onde está Beck?

– Os piratas! Eles a levaram!

Foi aí que a ficha caiu para mim. Beck era o embrulho nas costas.

Capítulo 31

Nunca me senti tão mal na minha vida.

Senti calafrios. Depois fiquei queimando de febre. Até vomitei por cima da lateral do barco.

Sim, fiquei com enjoo do mar, apesar de o barco não estar navegando.

Tommy tinha decidido baixar âncora e usar o rádio. Ele alertou a Guarda Costeira sobre o sequestro. Então pediu para os nossos novos amigos do Departamento Policial de Miami emitirem um boletim em todos os pontos e um alerta AMBER para sequestro de criança.

Enquanto isso, Tempestade estava na Sala, acessando um banco de dados do FBI na *web* e tentando comparar o rosto dos piratas que ela tinha memorizado havia pouco com retratos de fichas policiais de uma lista de criminosos conhecidos.

Imaginei que Tommy também tivesse telefonado para o Tio Timothy, mas ele nunca havia nos dado o número do celular.

Eu?

Eu estava simplesmente inútil.

Fiquei várias horas me abraçando na grade no púlpito da proa. Resmungando, grunhindo, vomitando.

Era como se alguém tivesse me serrado ao meio.

É, eu estou meio que esperando que Beck faça um desenho disso: eu dividido em dois. Talvez por um pirata mágico maluco com uma serra elétrica. Mas Beck não estava lá para ver quão acabado eu estava, então ela não podia me desenhar.

Perder minha irmã gêmea foi a pior coisa que já aconteceu para mim, porque estivemos juntos durante a nossa vida inteira. Pense nisso. Nós já estávamos juntos antes de termos nascido.

Isso era pior do que perder a mamãe e o papai.

Beck, é claro, discordaria intensamente disso.

Então, como ela não estava lá, eu tive a nossa Tagarelice de Gêmeos número 429... comigo mesmo!

– Não seja ridículo, Bickford! – gritei, entonando minha voz de modo um pouco mais fino, para parecer Beck. – Como perder uma pessoa pode ser pior do que perder duas?

– Ei, acorda! Eu já conhecia você nove meses antes de conhecer qualquer um dos dois.

– Certo. E esses nove meses foram tão emocionantes...

– Foram! Lembra como a gente costumava chutar a barriga da mamãe?

– Isso foi ideia sua, Bickford.

– Você também fez isso, Rebecca.

– Porque você sempre foi uma má influência sobre mim.

– Eu? E você?

– Eu nunca fiz você fazer nada idiota, Bick.

– E aquela vez em que eu comi meleca?

– Aquilo foi ideia sua, seu Cabeça de Meleca.

– Não foi!

– Foi também.

– Não foi.

– Foi!

– Ah, tá certo. Foi.

– Sim. Desculpe.

– Foi mal.

– Não se preocupe. Nós somos legais.

Fiz uma pausa na briga comigo mesmo.

– E então, Bick? – perguntei com minha voz de Beck.

– Fala, Beck.

– Que gosto tinha a meleca?

Eu não respondi.

Apenas me inclinei para o outro lado do barco e vomitei novamente.

Capítulo 32

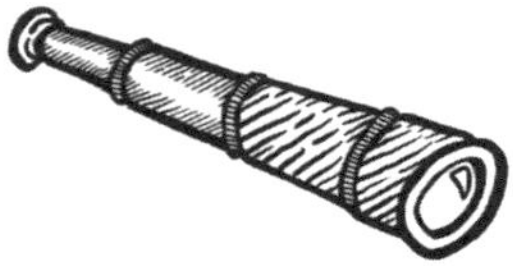

Então este sou eu, quatro horas depois do ataque dos piratas.

ADVERTÊNCIA: DESENHOS ABAIXO DO NÍVEL DO JARDIM DE INFÂNCIA :(

(Apenas como registro, eu, na ausência de Beck, assumi os desenhos. Poderia ser um pouco difícil saber quem é quem de nós. Tommy não vai mais ter o corpo sarado. Nem o cabelo descolado. Peço desculpas.)

Levou mais de oito horas para Tommy e Tempestade finalmente me chacoalharem para fora desse estado de choque.

– Vamos, irmãozinho – disse Tommy. – Saia dessa!

– Precisamos de você! – Tempestade falou. – Beck não ia querer que você ficasse tão triste.

– Vocês têm razão. Eu preciso me recompor.

(Cara, como eu gostaria que Beck estivesse aqui para desenhar uma imagem disso! Eu me recompondo. Talvez colocando minha cabeça no lugar do bumbum, ou pondo minhas mãos no lugar dos pés. Por ora, você só tem que usar a imaginação. Obrigado.)

De qualquer modo, eu estava tentando ficar otimista. Mas estava difícil. Especialmente quando o sol começou a se pôr e Tempestade e Tommy começaram a falar sobre Beck como se ela estivesse morta também.

– Sabe, eu vou sentir falta de como ela fazia aqueles desenhos de gaivotas e peixes – Tempestade comentou. –

Ela não precisava ter memória fotográfica para fazer certinho cada detalhe.

– Lembra da primeira pintura dela? – Tommy perguntou rindo.

– Claro. Aquela pintura de dedos na parede da escola. Ela usou um pote de comida de bebê. Creme de espinafre. A mamãe e o papai chamaram isso de "o período verde" dela.

– É – falou Tommy, lembrando-se da cena. – Mas juro que ela superou Oscar de Grouch.

– Hum... Pessoal, nós estamos tendo outro funeral no mar aqui?

– Nããão – Tommy respondeu. – Nós estamos só, sabe, pensando em Beck.

– Você quer que eu desça até a cabine e pegue o boné pink dela? – Tempestade, a sem noção, disse. – Poderíamos lançá-lo ao mar como fizemos com o chapéu de capitão do papai.

– Ei, gente! – gritei. – Vocês estão me fazendo surtar! Beck não está morta.

Tommy colocou o braço no meu ombro.

– Ela nunca vai estar, irmãozinho. Não se a gente mantiver Beck aqui dentro... – Ele deu uns tapinhas no coração.

– *Cara* – eu pensei –, *as coisas podem ficar piores?*

Então, é claro, ficaram.

Ouvi o roncar de um motor de barco a distância. E não parecia o barco dos piratas.

O que seria agora?

Capítulo 33

Surpreendentemente, uma boa notícia veio velejando até nós.

O barco que surgia do poente e corria para nós – a proa cortando as ondas como uma pedrinha quicando – era a lancha aerodinâmica do Tio Timothy. O Tio Timothy estava ao leme.

E Beck estava em pé ao lado dele.

Os óculos 3-D dela estavam presos firmes no rosto, os braços estavam erguidos e o cabelo, balançando ao vento. Ela gritava "Cowabunga!" enquanto o lustroso barco prateado ricocheteava, cortando o oceano ondulado como um foguete.

(Como você pode ver, Beck pulou a parte das lágrimas, dos abraços e das outras coisas piegas que aconteciam quando nos reuníamos no convés do *Perdido*. Em vez disso, ela entrou com uma cena de ação. Sim, Beck, foi uma entrada superimpressionante, e você parecia incrível. Boa atuação.)

– O Tio Timothy me resgatou! – Beck gritou, entusiasmada. – E ouçam isto, pessoal: eles têm um submarino!

– Quem? – perguntei.

– Os piratas. Eu não o vi, porque eles deixaram meus olhos vendados o tempo inteiro, mas os escutei dizendo coisas como: "Solte o submarino", e "Leve-a para dentro do submarino", o que, se eles tinham intenção de manter um submarino secreto, foi totalmente idiota.

– A venda não amassou os seus óculos 3-D? – Tempestade perguntou, acho que porque estava cansada de ver Beck com eles.

– Não. Eles me mandaram tirar antes de colocar a venda.

– E você resgatou Beck? – Tommy perguntou para o Tio Timothy.

– Vamos dizer que eu negociei a liberação dela. Eles são piratas. Tudo o que querem é dinheiro, seja de mercadorias roubadas ou de valores de resgate. Não faz diferença para gente desse nível.

– Quanto custou? – perguntou Beck. – Foi, por exemplo, um milhão de dólares?

Tio Timothy deu uma risadinha.

– Nós chegamos a um acordo.

– Bem, estou feliz que você tenha feito isso!

– Eu também – eu disse, sentindo-me inteiro novamente agora que Beck estava salva. – Eles machucaram você?

– Não. Eles só ficaram me fazendo um montão de perguntas. Foi como uma dessas cenas de interrogatório de filme de espião. Eles até me colocaram em um detector de mentiras!

– Sério?

– Sim. Eles prenderam aquele negócio grosso de Velcro no meu pulso e colocaram meus dedos em uns sensores metálicos.

– Achei que você estivesse com os olhos vendados – Tempestade comentou.

– Eu estava – Beck explicou –, mas os piratas saíram todos "lá para cima" para falar com "O Homem" quando terminaram as perguntas. Então eu levantei um pouco a venda e espiei.

– O que você viu?

– O papel do detector de mentiras com uma porção de linhas rabiscadas e outras coisas. Por exemplo, um cinzeiro cheio de tocos de charutos encharcados.

Tive a impressão de que Beck havia visto alguma coisa a mais, mas não queria dizer o que era na frente de todos.

– Que tipo de pergunta eles fizeram a você?

– Sobre tudo! Eles quiseram saber sobre as caçadas de tesouro mais recentes do papai e do desaparecimento da mamãe em Chipre. Então, eles... olha só: começaram a fazer uma porção de perguntas como: "Você já viu o *Papoulas*, do Van Gogh, ou o *Menino de colete vermelho*, de Cézanne?

– As fotos que o papai tinha na Sala?

– O que você fez?

– Eu falei a verdade. Eu disse: "Não, nunca vi esses quadros".

– Mas você tinha visto – Tempestade reclamou.

– Não: o que eu tinha visto eram os *pôsteres*, não os quadros originais!

– Então você ganhou da máquina.

– Total – Beck respondeu –, porque eu não estava falando nenhuma mentira.

Nesse momento, fiquei excepcionalmente orgulhoso de ser o irmão gêmeo da Beck.

– Esperem um segundo – Tommy Cabeça-de-Vento chamou. – Como foi que esses piratas souberam quais quadros o papai havia pendurado nas paredes da Sala? Eles, por acaso, furaram um buraco na porta para espiar ou qualquer coisa assim?

– Não tem nenhum buraco na porta – Tempestade explicou. – Além disso, as fotografias desses quadros não estavam na Sala quando os piratas interditaram *O Perdido*. Eu as havia escondido.

– Certo – disse Tommy. – Esqueci essa parte. Fico feliz que você tenha lembrado.

– Então, como eles sabiam? – resmunguei. – Não apenas sobre os quadros. Sobre a mamãe e Chipre. Tudo.

Beck virou-se para Tempestade.

– Essa é a pior parte. Mais do que qualquer coisa, eles queriam A Chave.

– Você contou onde ela estava? – perguntou Tommy. Aquele olhar confuso surgiu nos olhos dele novamente.

– Ah, não. Só Tempestade sabe onde está escondida, lembra?

– Ah. É meeeesmo! Eu tinha me esquecido dessa parte também.

– Bem – Tio Timothy disse (aliás, se você me perguntasse, eu diria que ele ficou um tanto calado demais durante todo o tempo em que Beck contou para nós a história do sequestro) –, pelo jeito os piratas levaram a filha errada. Eles deveriam ter sequestrado Tempestade.

Capítulo 34

— Eles não podem pegar Tempestade também! – eu gritei, olhando para Tio Timothy de maneira muito dura.

– Foi só uma piada, Bickford. Não há motivo para você ficar tão nervoso, filho.

Na verdade, *havia* uma razão para eu me torcer como um pretzel. Alguma coisa suspeita estava acontecendo. Alguma coisa estranha sobre o Tio Timothy.

– Então, Tio Timothy – falei –, obrigado por trazer Beck de volta.

– De nada, Bickford.

– Pergunta rápida.

– Sim?

– Como você sabia para onde os piratas a levaram?

Eu não poderia descrever como Tio Timothy reagiu à minha pergunta porque ele ainda estava protegido atrás daqueles óculos espelhados. Também nada no rosto dele se mexeu nem se contraiu. O homem devia ter sido esculpido em mármore.

– Meu barco – ele disse por fim, apontando o barco de foguete flutuante ancorado próximo da nossa popa – é equipado com sofisticados rastreadores de rádio. Aconteceu de eu estar monitorando uma faixa de ondas de frequência conhecida por ser empregada por esses sujeitos do comércio pirata.

Levantei minha mão.

– Sim, Bickford? – Suspirou o Tio Timothy.

– Tenho outra pergunta para você.

– Sim?

– Por que os piratas chamaram Beck de *pacote* de reserva?

– Muito provavelmente o alvo inicial deles era outra coisa. Provavelmente, A Chave da Sala. Eles pegaram Beck como plano B.

(Você reparou em como Tio Timothy evitou totalmente explicar por que os piratas usaram a palavra *pacote*, um termo que Tio Timothy usa o tempo todo? Sim, eu também.)

– Eu também tenho uma pergunta – Tempestade falou.

– Minha nossa! – Tio Timothy respondeu, com uma risadinha bastante falsa. – Isto é pior do que o interrogatório que os piratas fizeram com Rebecca.

– Como você sabia onde o submarino pirata estava localizado?

– Contei a vocês. Eu rastreei as transmissões de rádio deles.

– Não. Você falou que monitorava uma faixa de ondas de frequência conhecida por ser empregada por esse comércio pirata.

– Você tem equipamento para localizar com precisão o *site* de transmissão também? – Tommy perguntou, porque ele adorava equipamentos eletrônicos.

– Olhem, crianças – o Tio Timothy disse (observação rápida: toda vez que um adulto chama um grupo de crianças de “crianças”, você sabe que ele *não* vai dizer alguma coisa) –, não posso responder a todas essas perguntas exatamente agora. Vocês têm que confiar em mim.

Nós todos concordamos.

Mas percebi que meus irmãos, até mesmo Tommy Cabeça-de-Vento, estavam encarando Tio Timothy do mesmo modo que eu estava encarando antes.

Quem era esse Tio Timothy que não era nosso tio de verdade?

De qual lado ele estava realmente?

Do nosso?

Do dos piratas?

Ou ele estava ligado a alguém que nós não tínhamos ainda nem sequer conhecido?

CAPÍTULO 35

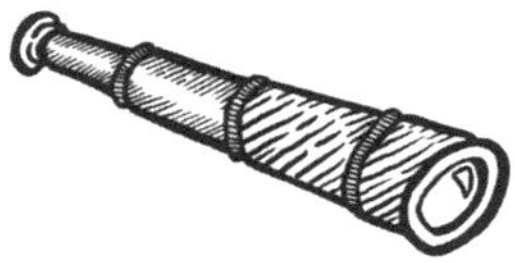

Enquanto navegávamos para o norte rebocando o barco do Tio Timothy, minhas suspeitas sobre o homem misterioso de óculos escuros continuavam a crescer.

A propósito, ele não autorizou nenhum de nós a subir no barco dele ou examinar os incríveis dispositivos lá dentro. Isso fez com que minhas dúvidas ficassem maiores do que tomates radioativos mutantes.

– Há alguma coisa errada com o Tio Timothy – confidenciei para Beck.

– É o colete safári dele. Acho que ele estava destripando atum antes de me resgatar.

– Estou falando sério!

– Eu sei. E, aqui entre nós, também acho que há algo estranho nele.

– Você acha que ele a encontrou no submarino pirata porque está trabalhando para os piratas?

– É uma possibilidade. Além disso, o papai provavelmente contou a ele sobre A Sala...

– E ele contou aos piratas...

– Foi assim que eles ficaram sabendo sobre as fotografias dos quadros...

– ... e sobre o que aconteceu com a mamãe em Chipre. Reunião de família?

– Sim – Beck disse. – Eu tenho uma ideia. Uma coisa que apanhei no submarino pirata.

– Tipo usar um detector de mentiras nele?

– Uma coisa melhor.

Nós rodeamos Tempestade e Tommy e tivemos uma rápida reunião no convés da proa.

Beck nos mostrou a caixa fina que "tinha pegado emprestada" de seus captores piratas.

– Você roubou isso? – perguntou Tempestade.

– Ei, eles iam usar isso em mim. Além disso, é realmente contra a lei roubar coisas de pessoas que não têm nada a bordo em seu barco a não ser o que roubaram do barco de outras pessoas?

Tommy concordou, pensativo.

– Uau! Isso é sério, Beck.

Bem nesse momento, Tio Timothy saiu do aposento do convés e esticou os braços, aproveitando o sol quente que batia na parte traseira do nosso barco.

– Esse é um plano idiota, Bickford! – gritou Beck, dando uma piscada para mim para me dar a entender que a Tagarelice de Gêmeos número 430 era direcionada somente aos ouvidos do Tio Timothy.

– Ah, é? Qual é o seu plano, Rebecca?

– Fácil! Roubamos aqueles óculos escuros idiotas que ele está sempre usando e o fazemos sentar ao sol!

– E como isso vai fazer com que ele diga a verdade?

– Ele tem olhos sensíveis!

– E daí? Ele pode fechar os olhos.

– Não se a gente forçá-lo a ficar com eles abertos.

– E como a gente vai fazer isso?

– Eu tenho um alicate. – Tommy entrou no clima.

– Nós temos aquele pegador de salsichas também – Tempestade acrescentou.

– Crianças?

Tio Timothy, com as mãos na cintura, estava olhando para nós lá de baixo.

– Ah. Ei, Tio Tim – chamei. – Nós não sabíamos que você estava aí embaixo.

– Obviamente. Olhem, eu já falei a vocês tudo o que podia, está bem? Agora, esqueçam disso, Bick e Beck. – Ele se esticou, bocejando. – Estou exausto. Vou tirar uma rápida soneca lá embaixo. Não me acordem a menos que haja outro ataque pirata.

– Sim, senhor – todos nós dissemos em uma harmonia de quatro partes.

Eu não pude acreditar nos meus olhos quando vi Tio Timothy tirar o fone da orelha.

Ele estava definitivamente encerrando as atividades para a soneca.

– Vamos dar dez minutos para ele apagar – Beck cochichou quando ele saiu. Ela retirou a caixa fina do bolso. – Aí nós lhe daremos isto!

Todos nós concordamos.

Porque, como eu expliquei antes, nós, Kidds, somos como os monstros do livro.

Apesar de o que estávamos planejando para o Tio Timothy provavelmente ser ilegal (sem mencionar potencialmente letal), a gente ia fazer aquilo de qualquer maneira.

Quando ameaçados, não temos medo dos adultos e zero interesse em obedecer às regras da chamada sociedade deles.

A gente ia dar ao Tio Timothy dez minutos para cair no sono.

Depois disso, os monstros atacariam.

Capítulo 36

O que Beck havia surrupiado da sala de interrogatório dos piratas era uma caixa fina de tamanho parecido com o de um estojo de caneta.

A caixa trazia os dizeres: SORO DA VERDADE.

Acho que é um jeito de se certificar de que ninguém engane o detector de mentiras: dando uma injeção do suco da verdade.

Sob a tampa da caixa estavam uma seringa e um frasco de tiopental – uma droga de ação rápida e curta duração que é usada em vários tipos de situações médicas,

inclusive para entorpecer a parte do cérebro que produz as mentiras.

Tempestade passou cinco minutos memorizando tudo o que vários *sites* de enfermagem diziam sobre como aplicar uma injeção de maneira segura. Depois, nós quatro entramos na ponta dos pés na cabine principal, onde Tio Timothy estava dormindo na cama.

– Desculpe por isso, Tio Tim – Tempestade sussurrou quando o furou no braço com a agulha –, mas nós precisamos saber a verdade e nada mais que a verdade.

Estranhamente, Tio Timothy não acordou quando Tempestade o picou. Ele só meio que roncou, deu uma batida no braço e depois ficou imóvel novamente.

Nós demos um minuto para a droga fazer efeito.

Depois, Tommy espirrou um pouco de água fria de uma garrafa no rosto do Tio Timothy.

– Hã? – ele disse, acordando.

– Quem é você? – perguntei.

– Seu Tio Timothy.

– Mas quem você é de verdade?

– Meu nome é Timothy Quinn.

– Para quem você trabalha? Para os piratas?

Ele balançou a cabeça, negando.

– Não, eu trabalho para a Agência. A CIA.

– A Agência Central de Inteligência? Você é um espião?

– Afirmativo. Eu organizo e orquestro operações clandestinas para manter a América em segurança. Só nesta semana, sob o manto da escuridão, nós retiramos vários cidadãos americanos que estavam sendo mantidos reféns na conhecida região das montanhas do Paquistão. Fico feliz em relatar que o pacote foi entregue com segurança sem *blowback* significativo.

– O que é *blowback*?

– Consequências indesejadas das ações encobertas, tais como baixas civis.

– Tá. Isso é muito dramático.

– Como você conheceu o papai? – Beck perguntou.

– Seu pai, Thomas Kidd, trabalha para mim.

– O quê?

– Ele é, ou *era*, um agente da CIA.

– O papai trabalhava para você? – eu deixei escapar. – De verdade?

– Sim. Assim como sua mãe trabalha, ou trabalhava.

– Opa! – disse Tommy. – A mamãe também é espiã?

– O papai e a mamãe estão vivos? – eu perguntei, sem esperar pela resposta da pergunta de Tommy.

– Não sei dizer a esta altura.

– Bem – falou Tempestade –, eles estão mortos?

– Eu não sei.

Isso me deu esperança.

– Então, eles podem estar vivos?

– Ambos são operadores extremamente talentosos. Entretanto, as missões mais recentes deles eram e ainda permanecem extremamente perigosas. Dou a cada um deles 30 por cento de chance de sobrevivência.

Eu sorri. Ei, 30 por cento é muito melhor do que "definitivamente mortos".

Se o Tio Timothy estava dizendo a verdade (e ele realmente não tinha escolha neste momento), nós poderíamos até mesmo comprar um novo quepe de capitão para o papai em nosso próximo porto para repor aquele que havíamos lançado ao mar no funeral dele.

Capítulo 37

— O que vocês me deram, crianças? – perguntou Tio Timothy depois que o soro da verdade perdeu o efeito. Ele esfregou o braço onde Tempestade o havia picado. – Tiopental?

– Na verdade, o nome genérico da droga é tiopentato de sódio.

– Eu sei – Tio Timothy explicou. – Nós costumávamos usá-lo. Até que apareceu uma coisa melhor.

– Então, onde exatamente a mamãe está? – perguntei. – E o papai?

– Não tenho nenhuma informação sobre o paradeiro atual deles.

– Bem, eles estão vivos ou mortos?

– Sim.

– Isso quer dizer o quê? – disse Beck. – É totalmente sem sentido.

– E extremamente obscuro – opinei, usando a melhor palavra que eu sabia para *secreto* e *clandestino*.

Tempestade me puxou pela camisa.

– Ele é um espião. Obscuro é o que os espiões fazem.

Tio Timothy tateou seu fone de ouvido bluetooth, que ele havia recolocado depois do nosso festival da verdade. (A propósito, ele *dorme* com os óculos escuros.)

– Entendido. – Tio Timothy respondeu para quem quer que estivesse tagarelando na orelha dele. – Tommy? Corte o meu barco.

– O quê?

– Corte a linha – ele ordenou. – Depois, dê um pouco de distância entre o seu barco e o meu.

– Hã? Está bem. Bick?

– Estou indo.

Fui até o cunho, onde soltamos o superbarco do Tio Timothy. Nessa hora, sabendo então da verdade sobre ele, percebi que o barco era provavelmente uma espécie de projeto secreto, do tipo que poderia espionar um submarino não detectado. Com um sinal de Tio Timothy, cortei a corda e corri de volta ao grupo.

Tommy estava em pé na cabine do leme. Ele acionou os motores e nos conduziu a cerca de 100 metros a oeste do barco-espião.

– Está bom para o trabalho do governo – avisou Tio Timothy.

Tommy desligou os motores.

Foi quando Tio Timothy deu um puxão com força em um dos zíperes de seu colete safári.

CA-BUUM!

O barco-espião de alta tecnologia dele explodiu.

– Era só um protótipo – ele disse friamente, como se isso explicasse que estava tudo bem explodir um barco espião de trocentos milhões de dólares. – Mas não podemos nos arriscar a deixar essa tecnologia cair em mãos erradas.

Tommy estava no convés da popa, com a boca aberta de espanto, olhando para a bola de fumaça preta em nuvem no lugar do bote destruído.

– Incrível, cara!

– Obrigado, Thomas. – Tio Timothy tateou o fone de ouvido novamente. – O pacote está preparado e pronto para ser apanhado. Câmbio.

Ele abriu o zíper bolso do colete. Nós todos recuamos. Mas, desta vez, nada explodiu.

Ele tirou o fone da orelha e o enfiou no ali.

– Prestem atenção, Kidds: – ele disse. – Gostando ou não, vocês são as únicas pessoas que podem terminar o que seu pai começou.

– Começou o quê? – eu perguntei.

– O que você acha?

– Encontrar a mamãe! Ele sabia que ela estava viva.

– Sabendo ou não, Bickford, o Thomas Kidd que eu conheço nunca abandonaria a esperança de encontrar o que ele consideraria o pacote mais importante da Terra, não é?

– Não, senhor.

– Quando fizemos contato pela última vez, ele me contou que já tinha traçado seus próximos movimentos. Parece que vocês pegaram o lance dele, desde seu desaparecimento, e deram sequência à fase um.

– Encontrando o amuleto de abelha?

– Correto. O próximo passo será esclarecido uma vez que vocês estudem o mapa do qual ele me falou; aquele pendurado lá embaixo na Sala.

– Aquele do hemisfério norte? – perguntou Beck.

– Positivo.

– Mas é apenas um mapa escolar de parede.

– Estudem-no novamente. Olhem pare ele de maneira diferente. Sigam o curso traçado no mapa.

– Não há nenhum curso! – Beck exclamou, parecendo frustrada.

– Seu pai me falou que havia – o chefe do papai na CIA respondeu. – Encontrem-no. Não deixem o mapa cair em mãos erradas. Eu diria "boa sorte", mas seu pai não precisa de sorte. Eu trabalhei com muitos agentes de primeira linha. Também vi como vocês quatro se viram com os problemas. Quer vocês saibam ou não, estão bem a caminho de se tornarem operadores especialistas. Seus pais estariam orgulhosos.

– Obrigado, senhor – Tommy agradeceu.

– A gente também sabe caratê – Beck acrescentou.

– Eu sei. O pai de vocês me mostrou seus arquivos.

Nós temos *arquivos*? Quem imaginaria isso?

– Tenho toda a confiança de que vocês vão chegar até a base de toda essa confusão. Saibam que o sucesso de vocês é decisivo: para vocês, para sua família, para seu país, e, sim, para o mundo.

De repente, escutei um helicóptero sobre nossa cabeça.

Os motores poderosos dele se tornavam cada vez mais barulhentos.

Tio Timothy fez uma saudação clara e rápida para todos nós.

– Vou estar vigiando! – ele gritou, para ser ouvido por causa do barulho da máquina voadora.

Olhei para cima e vi um helicóptero bimotor de transporte parado acima do *Perdido*.

Uma escada de corda foi lançada. Ela se desenrolou e chegou diretamente no lugar em frente ao Tio Timothy, que pulou nela e foi içado embora.

O pacote tinha sido apanhado.

Acho que era por isso que o Tio Timothy tinha ficado tão calmo ao explodir o barco. Ele sabia que não precisaria daquilo para voltar para casa.

Capítulo 38

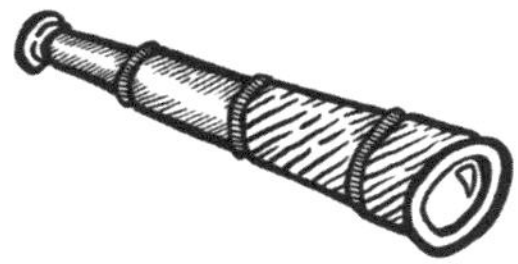

— Precisamos verificar aquele mapa! – Beck disse a Tempestade no instante em que o Tio Timothy fez sua saída hollywoodiana de helicóptero e desapareceu por detrás de nuvens elevadas.

– Está logo à frente – explicou Tempestade. – Dentro do...

Felizmente, ela não terminou o raciocínio.

Porque nós fomos repentinamente cercados por ninjas mergulhadores!

Oito caras vestindo roupas de mergulho pretas opacas e molhadas – todos eles carregando armas – haviam pulado pelas laterais do *Perdido*. Eles deviam estar rondando na água logo acima da superfície (e fora do alcance da visão), esperando Tio Timothy fazer sua saída triunfante.

Tommy se lançou loucamente para a cabine do convés, na esperança de apanhar a arma.

ATAQUE DOS MERGULHADORES NINJA!
O
LOUVA-DEUS
OOOOPS!

– Sossega, mano! – disse um mergulhador que havia subido em nossa popa. A arma dele, de aparência ameaçadora, mirava o peito de Tommy.

Beck, Tempestade e eu assumimos nossa posição *hachiji-dachi* de caratê. Estávamos todos preparados com mãos de espada para dar voadoras que arrancariam as nadadeiras dos homens-rã, quando um dos ninjas ergueu sua máscara de mergulho e puxou para trás sua touca de borracha, revelando um longo cabelo oleoso e um cavanhaque esquisito.

– Ei, crianças caratecas. Legal.

– Oh-oh – Beck murmurou ao meu lado. – Eles estão de voltaaa.

– Viemos em paz, manos e minas.

– Era o mesmo pirata noia que liderou o sequestro de Beck.

– Não queremos machucar ninguém. O Grande Kahuna só precisa ver o que há por trás daquela porta de aço.

Enquanto o desmazelado pirata seguia falando, notei um emblema na manga dele e nos trajes dos outros ninjas mergulhadores.

– Extratores de Tesouro de Nathan Collier – Tempestade sussurrou.

Nathan Collier. O inimigo número um de mamãe e papai.

Esses piratas surfistas não estavam aqui para gritar "Tiritem as madeiras!" ou para saquear. Eles estavam aqui por causa de Nathan Collier, o pior caçador de tesouros que já navegou nos sete mares (ele era tão burro que provavelmente achava que existiam apenas cinco), sempre querendo roubar as brilhantes ideias da mamãe e do papai.

– Nosso pai não está aqui – Tommy disse, juntando-se a nós no meio do círculo ninja. – Ele é o único que possui a chave daquela sala.

– Oh-oh – exclamou o líder, movendo-se com as nadadeiras molhadas pelo convés. – Parece que o *brother* mais descolado é também um excelente mentiroso.

– Ele está falando a verdade – retruquei. – O papai levou a única chave com ele quando caiu ao mar.

– Nada, brô – respondeu o líder. – Jadson? – ele chamou um de seus companheiros.

– Eu, Chefia?

– Toca para mim aquele som novamente.

O pirata chamado Jadson retirou de seu cinto de utilidades impermeável um gravador de MP3.

– Está vendo, rapazinho? – Chefia disse. – O Senhor Collier tem todas essas máquinas superlegais e totalmente tecnológicas em suas embarcações. Ele tinha até mesmo esse... er... Como isso se chama mesmo, Jadson?

– Um microfone parabólico.

– Só. É uma invenção de escuta de longo alcance, então, tipo, nós podemos carregar uns três metros daqui para fora do submarino e ouvir um lixo como esse.

Jadson apertou o botão do *Play*.

– *Essa é a pior parte.* – Era a voz de Beck. Um pouco distorcida, mas claramente era ela. – *Mais do que qualquer coisa, eles queriam A Chave.*

– *Você contou onde ela estava?* – Esse era Tommy.

– *Ah, não.* – Beck novamente. – *Só Tempestade sabe onde está escondida, lembra?*

– *Ah.* É meeeesmo. *Eu tinha me esquecido dessa parte também.*

Então ouvimos a voz de Tio Timothy:

– *Bem, pelo jeito os piratas levaram a filha errada. Eles deveriam ter sequestrado Tempestade.*

Jadson interrompeu o aparelho de MP3.

Chefia se dirigiu a Tempestade.

– Então, gorduchinha, onde está a droga da chave?

Capítulo 39

Tempestade parecia ter tido um ataque do coração. Talvez um surto.

Talvez ambos ao mesmo tempo.

Então fiz o que faço de melhor. Comecei a viajar na maionese.

– Então, isso é tudo o que vocês ouviram? – perguntei.

– Só – contou Jadson, meio encabulado. – O prato parabólico é, tipo, sabe, uma tigela? Aí, se você vira isso errado, um pelicano pousa nele e você vai ouvir uma grande ave engolindo um peixe.

– Não importa, *brother* – falou Chefia, o cara durão. – Nós sabemos que sua gigantesca irmã aqui tem a chave-reserva escondida em algum lugar a bordo desta banheira.

– Você não ouviu a gente conversando sobre o mergulho? Ou sobre os barris de moedas de ouro da Confederação, certo?

Chefia coçou a barba. Consegui a atenção dele.

– Ótimo, Bick – respondeu Beck, fingindo estar irritada, quando na verdade estava me ajudando. – Por que você não diz logo pra eles tudo sobre os barris de ouro da Confederação?

– Não se preocupe, maninha – tranquilizei. – Esses caras não são caçadores de tesouro. Eles apenas trabalham para Collier. Eles não ligam se estamos sentados bem no topo da canhoneira CSS *Chattahoochee.*

– Saúde, *brother* – Chefia falou. – Mas pelo menos ponha a mão na boca para espirrar.

– Não, cara – eu disse. – CSS é a sigla em inglês para "Navio dos Estados Confederados". O *Chattahoochee* era um barco. Um corredor de bloqueio. O Capitão Stephen Lee "Bola de Algodão" Davis estava no comando do rápido navio a vapor. Ele estava deixando a Savana em direção a Cuba para apanhar um pouco de açúcar porque as tropas da Confederação adoravam chupar um pirulito.

– Eles costumavam cantar aquela música do pirulito que bate-bate o dia todo – Beck acrescentou.

– Isso mesmo. E o CSS *Chattahoochee* carregou dez barris lotados de moedas de ouro, o suficiente para pagar os cubanos por todo o açúcar de que a Confederação precisava para vencer a Guerra Civil.

– O que aconteceu? – perguntou o líder pirata, inclinado a ouvir o restante.

– Um couraçado *Yankee* chamado USS *Rattletrap* perseguiu *Chattahoochee*. Metade da Marinha norte-americana, liderada pelo Almirante Benbow e pelo Capitão Jim Hawkinsse, reuniu-se aqui no Atlântico. Os canhões começaram a disparar. O *Chattahoochee* foi pego. Em um último esforço para fugir dos *Yankees*, o Capitão Davis ordenou que aqueles dez barris pesados fossem lançados para fora do navio. Sem o peso extra, o *Chattahoochee* escapou livremente e partiu para as Bermudas.

– E aí? – perguntou o cara chamado Jadson.

– Os soldados da Confederação nunca ganharam seus pirulitos, então o Sul perdeu a guerra e... ninguém nunca encontrou o ouro lançado ao mar.

– Até ontem – disse Beck. Ela sacou seu caderninho de anotações e desenhou uma imagem do falso tesouro da Confederação.

– Está bem aqui embaixo – apontei, gesticulando para o oceano além da nossa proa. – Então, vamos, Tempestade. Mostre A Sala para esses caras. Deixe que procurem papéis para Nathan Collier. Assim nós quatro poderemos voltar para uma *verdadeira* caça ao tesouro.

– Parece um bom plano – comentou Beck.

– Espere aí – falou Chefia. – Nós queremos esses barris cheios de moedas de ouro.

– Para você entregar a Nathan Collier? – perguntei.

– Não, coleguinha. Se existe uma enorme quantia de moedas de ouro debaixo das ondas, então Collier não vale a pena. Eu e meus *brothers* vamos comprar nosso próprio submarino.

Jadson cutucou minhas costas com seu arpão.

– Vista sua roupa de mergulho, maninho. Você vai nos levar lá embaixo para apanhar nosso ouro da Confederação.

– Tudo bem. Mas meu irmão e minhas irmãs vão comigo.

– Sim – disse Beck. – Bick não é tão bom em lembrar coisas.

– Como onde nós, sabe, encontramos o ouro – acrescentou Tommy.

– Está bem – Chefia concordou. – Acelerem. Vamos mergulhar em cinco minutos.

Tommy, Beck e eu nos apressamos nos andares de baixo para pegar nosso equipamento de mergulho.

– Nós vamos levá-los para baixo da proa? – perguntou Tommy.

Acenei com a cabeça, confirmando.

– E acertá-los com tudo o que temos!

Capítulo 40

Lembra quando contei que o papai customizava todo tipo de esconderijos secretos e lugares para esconder coisas no *Perdido*?

Bem, desde que o papai quis estar preparado para qualquer coisa, incluindo emboscadas subaquáticas, ele instalou compartimentos pressurizados e herméticos debaixo da proa do barco. Escondeu dentro dois rifles de ataque APS subaquáticos.

Eu costumava ficar imaginando como o papai tinha conseguido obter um par especial de AK-47 criado pela União Soviética durante a Guerra Fria. Sabendo hoje que ele e a mamãe eram agentes da CIA, imagino que os tenham pegado no Dia de Integração de Espionagem ou algo do tipo.

Debaixo d'água, geralmente as balas são muito imprecisas. Elas apenas flutuam, caem e atingem um peixe inocente. O APS (sigla para palavras russas que significa "Subaquática Automática Especial") foi planejado para tiros precisos quando submerso. Além disso, tem maior alcance e mais poder de penetração que a maioria dos arpões.

Em outras palavras, se Tommy e eu puséssemos as mãos naqueles dois rifles de ataque alojados em nossa proa, teríamos uma chance de expulsar os piratas.

– Vocês têm certeza de que querem fazer isso? – eu disse, colocando meu cilindro de ar.

– Absoluta – Tommy respondeu. – Estou cansado desses surfistas noias me chamando de mano, maninho.

– E eu estou cansado daquele valentão de cavanhaque estranho – disse Beck.

– Nós podemos, você sabe... morrer.

– Nada – Tommy me encorajou. – Nós somos como os monstros do livro.

– E agora – gritou Beck –, que a monstruosidade comece!

Subimos para o convés arrastando as nadadeiras pesadamente por todo o trajeto. Estávamos prontos para urrar nosso terrível bramido, ranger nossos terríveis dentes, girar nossos terríveis olhos e mostrar as nossas garras.

– Manos, vocês estão prontos para se tornarem novos ricos? – zombou o líder pirata.

– Pode apostar que sim – respondi, cobrindo meus olhos e o nariz com a máscara.

– E a garotinha gorda? – ouvi um dos piratas dizer, apontando seu arpão para Tempestade. – Alguém deve ficar a bordo para tomar conta dela?

– Não – respondeu Chefia. – A baleia Shamu é inofensiva.

Eu olhei para Tempestade.

Ela tinha uma nuvem carregada com relâmpagos nos olhos novamente.

– Vamos fazer isso! – Chefia gritou. Ele gesticulou em direção à lateral do barco. – Depois de vocês, maninhos.

Isso foi bom.

Eles estavam nos dando vantagem.

Tommy pulou primeiro.

– Espere um pouco – disse Beck. – Minha mangueira de ar está com uma dobra.

– Aguente aí, irmã – pedi, examinando a mangueira. Então dei umas pancadas no cilindro dela para ajeitar o que estivesse errado. Tinha que ganhar o máximo de

tempo extra possível para Tommy arrombar nosso baú de armas submerso.

– Vamos logo, vocês dois – rosnou o pirata líder. – A arrebentação está incrível. Vamos nos apressar.

– Hum, se você não se importa – falou Beck, ainda ajeitando a mangueira –, eu gostaria de respirar enquanto estiver debaixo da água.

O pirata sacou sua faca.

– Nós não precisamos de você lá embaixo, mina.

– Sim, nós precisamos – discordei, enquanto Beck vestia a máscara de mergulho, colocava o regulador na boca e nos fez sinal de positivo com o polegar. – Beck já encontrou barris de nove e dez galões. Eu e Tommy só conseguimos encontrar um de oito.

– Que seja – Chefia disse.

Ele empurrou Beck para fora do barco. E então me empurrou.

Nós dois nos dividimos na água, traçamos nosso caminho claramente por nossas próprias nuvens de bolhas e nos lançamos feito golfinhos debaixo da proa do barco.

Tommy abriu o cubículo. Ele nos viu e esticou a mão, girando o pulso e apontando para o gabinete de armas acima.

Esse era o sinal de mão para "Alguma coisa está errada".

Beck e eu nos aproximamos.

O compartimento das armas estava vazio.

Meu palpite? A tripulação de Louie Louie das Ilhas Cayman, os caras que consertaram nosso casco, havia pegado alguns presentes russos.

Não havia tempo para nos zangarmos com isso, pois logo em seguida ouvi um estrondo amortecido de oito piratas pulando dentro da água ao lado do *Perdido*.

Percebi de relance os olhos do líder pirata, o Chefia, aumentados pela lente de vidro da máscara de mergulho que usava. Ele parecia verdadeiramente ansioso.

Nossa última saída era partir para o "mano a mano" com os piratas dentro da água. Eram oito deles e três de nós.

E eles tinham arpões.

Capítulo 41

Um grande problema com meu plano: não é possível praticar artes marciais debaixo d'água. Quando os oito piratas nadaram atrás de nós, tentamos nosso melhor golpe de caratê e os afastamos com chutes. Mas eles tinham armas. Nós tínhamos luvas nos punhos e pés-de-pato.

Foi quando percebi que alguém poderia morrer – *talvez vários alguéns.*

Mas, no convés ou sob a água, nós, os Kidds, ainda éramos como os monstros do livro.

Tommy arrancou fora a máscara de um surfista que estava se aproximando com uma espada serrilhada de mergulho. Era o cara baixinho com rabo-de-cavalo.

Enlouquecido pela água salgada entrando nos olhos, ele bateu as pernas até alcançar a superfície.

Vi um dos valentões mirando o arpão em Beck. Nadei por cima para empurrá-la fora da mira, mas um dos vilões agarrou meus tornozelos. Dei um chute de caratê para trás e ouvi o vidro da máscara dele estilhaçar. Ele me soltou para segurar o rosto, e eu fiquei livre.

Dei um súbito empurrão em Beck. Ela me deu um olhar do tipo: "De que lado você está?".

Até que o ruído da lança pontuda passou entre nós.

Ela perfurou o cilindro de ar preso nas costas do pirata que tentava tirar o regulador da boca de Tommy. Aquele cara – olhando como se estivesse usando um propulsor a jato movido a bolhas – também subiu à superfície.

Tommy fez um rápido gesto de *tudo bem* com a mão e um ainda mais rápido com os polegares para baixo.

Eu mergulhei enquanto outro arpão zumbiu cinco centímetros sobre minha cabeça.

Mesmo que o som possa ser bem amortecido debaixo d'água, eu poderia jurar que ouvi o arpão colidir em algo atrás de mim.

Seria Beck? Seria minha imaginação hiperativa?

Eu me virei rapidamente.

Não. Não era minha imaginação. Era Chefia, o pirata líder.

Ele estava vindo para me golpear pelas costas quando o arpão atravessou o braço dele, saindo pelo ombro. Urrando de dor, ele perdia sangue, e a ferida fez subir uma densa nuvem vermelha que flutuou pela água como uma água-viva escarlate.

Tommy cutucou Beck e eu pelos ombros e nos afastou do sangue do pirata rapidamente.

Sangue na água nunca é uma coisa boa.

Atrai tubarões.

De fato, dois deles apareceram na confusa escuridão e começaram a circundar Chefia, que nadava para dentro de um apertado cardume com seus "camaradas" restantes.

Nenhum deles apontava mais os arpões ou as facas para nós. Eles estavam focados nos dentes dos tubarões, cujo olfato havia anunciado ser hora da janta.

Então Tempestade acionou os motores do *Perdido* e impulsionou nossas hélices, que giraram até fazer espuma. Ela deve ter acionado a alavanca ao contrário, porque o barco repentinamente arrancou de ré, e, com o rodopio, a lâmina da hélice foi em direção ao grupo de piratas.

(Eu acho que Tempestade não gosta de ser chamada de Shamu ou Gorduchinha.)

Os piratas, em pânico, afastaram-se da popa da nossa embarcação, recuando aproximadamente seis metros, e então puderam lidar com os tubarões sem se preocupar em também serem partidos em pedaços.

Tempestade reverteu os motores, mudou a direção e posicionou a popa do *Perdido* sobre o lugar onde as bolhas de ar se rompiam na superfície da água.

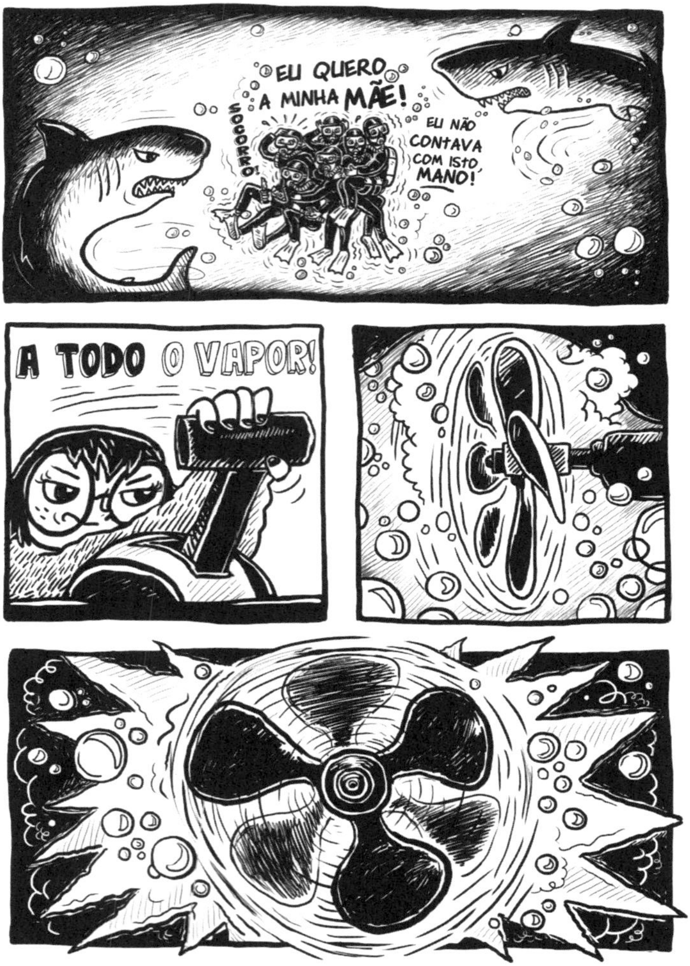

Três cordas de náilon com alças triangulares mergulharam na água.

Tommy moveu as nadadeiras e as segurou.

Beck e eu fizemos o mesmo.

Então cada um de nós segurou em um dos cabos presos às cordas.

Tommy espiou sobre o ombro para se certificar de que os tubarões ainda cercavam os piratas. Então ele ergueu o braço sobre a cabeça, procurando alcançar a superfície, e deu a Tempestade um evidente sinal de positivo.

Tempestade empurrou a alavanca a toda a velocidade. *O Perdido* arrancou feito um foguete.

Eu já mencionei que uma das nossas atividades favoritas é esqui aquático descalço? Isso mesmo. É possível esquiar sem esquis se o barco se mover rápido o bastante.

Nós três nos inclinamos na corda, firmando os pés sobre a superfície e contraindo os músculos abdominais para nos mantermos acima e fora da água. Em pouco tempo, Beck, Tommy e eu esquiávamos com os pés descalços atrás do *Perdido*.

Beck até mesmo ergueu a mão como se estivesse fazendo uma apresentação na Flórida.

Foi incrível.

Pena que os piratas perderam isso.

Mas eles estavam ocupados demais sendo iscas de tubarão.

Capítulo 42

Nós demos outro abraço coletivo em Tempestade por ela ser tão genial e salvar a nossa vida, e então pusemos nossos pés doloridos em tênis confortáveis.

Mas o perigo não tinha acabado.

Antes que pudéssemos até mesmo abrir a primeira garrafa de refrigerante jamaicano Ting para comemorar, um imenso círculo de águas agitadas surgiu a bombordo. O oceano se agitava, aumentava e levantava bolhas. Um periscópio apareceu e foi rapidamente seguido por um esguicho de águas revoltas como uma torre que dirigia um submarino lançado fora do mar.

As letras ETNC estavam marcadas ao lado.

Cinco minutos depois, Nathan Collier, acompanhado de dois guarda-costas armados, subiram a bordo do *Perdido*.

Ele era quase tão baixo quanto eu (mas sempre procurava ser fotografado de modo a parecer mais alto) e tinha uma bituca de cigarro esmagada entre os dentes. Ele usava sua fantasia básica de "sou um explorador": botas sujas (mesmo sem ter areia alguma por perto), calça cáqui, camisa cáqui e jaqueta de couro. Como sempre, seu cabelo estava assentado no lugar, com uma mecha enrolada pendurada sobre a sobrancelha esquerda. Pensei se Collier teria cabeleireiros e maquiadores no submarino. Provavelmente, uma câmara de bronzeamento artificial também.

– Boa tarde, Kidds – ele cumprimentou com o leve sorriso que usava nos programas televisivos. (Passa em algum canal esquisito da TV a cabo – o Canal de Coisas Esquisitas Embaixo d'Água, eu acho.)

– Collier – Tommy disse. (Na verdade, ele praticamente cuspiu o C de Collier.)

Collier inclinou uma sobrancelha. Ele também faz muito isso na TV.

– Vejo que vocês cruzaram com meus colegas de bordo imbecis.

– Parece que sim – respondi. – Da última vez que os vimos seus amigos piratas, eles estavam assistindo a *Tubarão: Parte Cinco*.

– E Parte Seis, Sete e Oito – Beck completou.

– Um final justo, eu suponho – Collier concluiu com um olhar entediado, pois não estávamos falando dele. – Meus estúpidos tubarões reunidos com sua própria espécie. Está tão difícil encontrar bons matadores hoje em dia.

Dei uma olhada na direção dos guarda-costas.

– Ah, esses dois não se sentem ofendidos por isso –

Collier justificou. – Eles só falam ucraniano. Agora, crianças, por que não vão caçar os galeões perdidos de Córdoba? Vocês deveriam estar a uns 500 quilômetros a sudoeste daqui, pescando dobrões espanhóis.

– Você se refere àquele mapa de selo postal idiota? – disse Tempestade.

Como se pode dizer, a tempestade se agitava novamente.

– Sim – Collier respondeu, saboreando outra fumaça de seu cigarro – Você desistiu tão rápido.

– Porque o mapa estava muito malfeito! – respondi.

– Claro que estava! – Collier exclamou. – Eu o desenhei para que vocês perdessem tempo cavando porcarias e ficassem fora do meu caminho!

– Você o desenhou? – estranhou Beck, estreitando os olhos.

– Isso mesmo. Quando visitei a loja de Louie Louie na Grande Cayman, ele não tinha o item que eu procurava, então meus colegas e eu sugerimos que ele nos fizesse um pequeno favor; por uma boa quantia, é claro. Ele escondeu aquele mapa absurdamente minúsculo em alguma espécie de bugiganga sem valor e o repassou a vocês, crianças.

Tempestade tocou instintivamente o pingente de abelha que havia pegado para usar no pescoço em uma corrente.

– Gosto do Senhor Louie – Collier prosseguiu. – Ele faz negócios com qualquer um que queira negociar com ele.

– O que você quer, Collier? – Tommy perguntou, impaciente.

– Quero qualquer informação que vocês tenham sobre a busca que o seu pai estava fazendo pelo resto do tesouro do Pirata Rei.

– Er... o quê? – perguntei.

– Não se faça de bobo. Sei que o motivo de você ter abandonado o mergulho em Córdoba foi para completar a missão de seu pai para o Pirata Rei, certo?

– Não conhecemos nenhum rei pirata – respondi.

– Ele é como um *Burger King*? – Tommy Cabeça-de-Vento perguntou. – Mas de comida marinha em vez de hambúrguer?

– Chega! – gritou Collier. – Quero os mapas e os arquivos do seu pai, e quero agora. Caso contrário, vocês quatro acabarão virando algo pior que isca de tubarão!

– Ei – eu disse –, vá com calma. Que tipo de tesouro o papai estava procurando para esse tal cara, o rei mandachuva?

– Artesanato.

– Sério?

– Ora, vamos, Bickford. Nós vamos continuar com essa brincadeira idiota? Você sabe exatamente do que estou falando. Um certo *objet d'art* raro.

– O que é isso? – Tommy perguntou.

– Um objeto de arte – respondeu Beck. – Tipo cerâmica e junco.

– Isso mesmo, Rebecca – concordou Collier. – Artefatos artísticos de valor astronômico.

– Bem – expliquei –, não entendemos nada de arte.

– Nem eu – afirmou Collier. – Mas eu sei o que é valioso para um colecionador sério. E, agora que o seu velho está fora do caminho, há apenas um homem capaz de encontrar o último tesouro da lista de desejos do Pirata Rei. Eu!

Collier se aproximou de Tempestade.

– Eu quero A Chave da Sala secreta, Stephanie. A Sala com todos os papéis, mapas e arquivos do seu pai. Onde está A Chave?

Tempestade não disse uma palavra. Nem se moveu. Nem piscou. Eu não sabia nem se ela estava respirando.

– Tenho os meus meios – afirmou Collier. Ele se voltou para seus guarda-costas e gritou algum comando em ucraniano.

Imediatamente, ambos ergueram as armas e as apontaram para a cabeça de Tempestade.

CAPÍTULO 43

— Ei! – eu gritei. – Esperem!

Os guarda-costas prepararam o gatilho das armas.

– Lamento, Bickford – disse Collier. – Os ucranianos não conhecem a palavra *ei*.

– Então parem!

– Você quer pará-los?

– Sim! – Beck gritou.

– Então diga a sua irmã para usar A Chave na Sala. Agora!

Finalmente, Tempestade se mexeu. Na verdade, ela meio que relaxou os ombros.

– Certo. Que seja. Vamos acabar logo com isso.

Uau.

Eu não podia imaginar que Tempestade fosse ceder tão rapidamente.

Por outro lado, eu não era o único a me abalar pelo calibre de duas armas ucranianas.

Tempestade caminhou pelo convés e desceu até um corredor, onde agarrou um cutelo de açougueiro e voltou a olhar para nós.

As armas dos ucranianos se ergueram novamente.

– Calma – pediu Tempestade. – Preciso disso para recuperar A Chave. – Ela pegou uma esponja amarela fofa da pia e a partiu na metade. A Chave caiu, tilintando. – A Sala está na proa. Sigam-me.

Quando chegamos à Sala, Tempestade deslizou A Chave dentro da velha fechadura de aço e deu um leve tranco.

– Pode ir – ela falou para Collier. – Surpreenda-se.

Salivando feito um cão que ouviu alguém gritar "costelinha!", Collier, acompanhado de seus valentões, invadiu A Sala.

E eu percebi por que Tempestade havia cedido tão rapidamente.

Todas as coisas relacionadas ao artefato tinham sumido. Até mesmo a charge batida do "Qual a importância de um vaso grego?" não se encontrava mais debaixo do tampo de vidro. Tempestade havia removido qualquer coisa e todas as coisas da Sala que parecessem (por qualquer razão) ser importantes para o papai e a mamãe.

Collier e seus capangas puxaram as gavetas de arquivos destrancadas. Eles fuçaram entre as pastas. Procuraram até mesmo dentro das máscaras, dos capacetes e das molduras de fotos que permaneciam pendurados nas paredes.

Eles ficaram na Sala durante mais de uma hora, checando e vasculhando novamente cada centímetro.

Beck, Tommy, Tempestade e eu ficamos tão entediados vendo-os destruir A Sala que retornamos ao convés para fazer um lanche. Sanduíches de queijo grelhado com picles. Nós já tínhamos vivido em alto-mar por tempo suficiente para saber que queijo grelhado é a melhor comida para nos reanimar durante uma invasão pirata.

Finalmente, Collier e seus camaradas ucranianos se juntaram a nós.

O cabelo de Collier não estava mais grudado no lugar. Ele tinha pelo menos três mechas enroladas caindo sobre os olhos. E seu bronzeamento artificial estava escorrendo atrás das orelhas (acho que ele não estava acostumado a suar).

Ele sacou um cigarro novo para pôr na boca.

– Não me admira que seu pai tenha pulado no mar – ele disse, com um sorriso sarcástico. – Ele era uma completa fraude.

– Não, não era.

– Ah sim, era. Ele não tinha absolutamente nenhuma informação sobre o último item escondido do Pirata Rei para buscar, apesar de ter aceito um generoso adiantamento quando assumiu essa tarefa. Seu pai deveria saber que sua incompetência estava prestes a ser desmascarada, então escolheu o caminho mais covarde e abandonou seu barco, sem mencionar as crianças, no meio de uma tempestade tropical.

– Saia do nosso barco – exigiu Tommy.

Eu o apoiei:

– Saia. Já.

– Volte para o seu submarino, Collier – acrescentou Beck.

– Você me faz querer vomitar – Tempestade afirmou – na sua cara.

Nenhum de nós se importava mais com os ucranianos ou com as armas deles.

Nathan Collier havia insultado nosso pai.

– Ah, eu vou – Collier disse. – Porque alguém tem que terminar o trabalho que seu pai precipitadamente abandonou. Eu sempre soube que ele era um péssimo caçador de tesouros. – Ele gesticulou sobre o ombro em direção à Sala – Agora comprovei.

Collier e seus capangas partiram para o convés.

Mas, antes de sair, Collier se virou para nos dar um último aviso.

– Kidds? Se nos encontrarmos novamente, não serei tão agradável como agora. Na verdade, vocês acabarão mortos. Eu garanto. Boa viagem!

Capítulo 44

Logo após o polido submarino de Collier submergir e desaparecer, Tempestade ganhou outro abraço coletivo por ser esperta o suficiente para esconder todas as coisas que papai havia pendurado nas paredes da Sala.

– Bem pensado – eu disse.

– A vida é como o xadrez – Tempestade comentou. – É preciso estar três passos adiante de seu oponente todo o tempo.

– Você acha que Collier voltará para resgatar aqueles parceiros surfistas? – perguntou Tommy.

– Talvez sim – respondi. – Talvez não. Nós deveríamos fazer isso?

– Acho que devemos deixar os piratas para Collier ou

para os tubarões e checar o mapa – sugeriu Beck, lembrando-nos do que estávamos prestes a fazer antes de sermos abordados pelos ninjas com roupas de mergulho.

– Está no mastro principal – falou Tempestade, guiando-nos em direção à proa do barco.

Ela bateu na parte de trás do mastro e um compartimento subitamente se abriu. Alcançando dentro do buraco, ela puxou o mapa enrolado. Cada um de nós quatro pegou uma ponta e a segurou firme no convés.

– Para mim continua parecendo um mapa escolar – eu disse.

– Mas não para mim – Beck retrucou, inclinando seus óculos 3-D por um segundo e devolvendo-os ao nariz. – Isso é incrível! Deve ser por isso que a mamãe me falou para guardar estes óculos depois que vimos o filme em 3-D juntos em Chipre. Eles são uma espécie de óculos decodificadores espiões.

Inacreditável. Foi a primeira vez que Beck olhava para o mapa na parede com suas lentes de vários tons. (Sim, Beck, eu já ia lembrar a todos que, da primeira vez que entrou na Sala, você havia retirado seus óculos 3-D porque a cabine estava escura.)

– O que você está vendo? – perguntei.

– O próximo passo – Beck respondeu, triunfante.

– Nova York, certo?

– Não. Charleston, na Carolina do Sul.

– Veja só – mostrou Beck. – George Town está circulado na Grande Cayman. E há algo escrito: "Número um: encontrar o amuleto da abelha".

– Espere um pouco – pedi. – As mesmas palavras estavam naquela anotação que a Tempestade encontrou na pasta de arquivos.

– Sim – Beck confirmou. – E tem mais isto: “Número dois: negociar”.

– Nós fizemos negócios. Com Louie Louie. Nós demos a ele a máscara africana em troca de uma bugiganga insignificante com formato de abelha.

– Verdade – concordou Beck. – Mas, no mapa, “Negociar” está relacionado com Charleston. – Ela ficava apontando no mapa a costa da Carolina do Sul.

– Então precisamos fazer outra viagem – concluiu Tempestade.

– Sim – disse Beck. – E o objeto pelo qual trocarmos a abelha em Charleston *será* o que precisamos levar até Nova York para o Professor Lewis autenticar.

– Nós temos que completar a missão do papai – avisei.

– Oi? É o que eu tenho dito a vida inteira, Senhor Vamos-Pegar-o-Dinheiro-e-Voar-para-Chipre.

Não havia motivo para uma Tagarelice dos Gêmeos. Beck tinha razão.

– Tommy? – perguntei.

– Estou dentro. Calcular uma rota para Charleston. – Ele se levantou repentinamente e partiu para a casa do leme. O restante de nós enrolou o mapa e o guardou de volta no mastro.

– Charleston é uma cidade grande – Tempestade alertou. – A segunda maior cidade do estado da Carolina do Sul. Onde exatamente em Charleston nós devemos fazer esse negócio?

– Boa pergunta – eu falei. – Vamos voltar para A Sala. Vamos fazer uma busca minuciosa em mais alguns arquivos.

– Por quê? – questionou Tempestade. – Collier e os primatas ucranianos não encontraram nada.

– Eu sei – respondi, com um sorriso astuto. – Mas eles não estavam usando os óculos 3-D superespiões da Beck.

Capítulo 45

Na tarde seguinte, Beck e eu estávamos sentados em cadeiras dobráveis, afundando na areia da Praia Folly, próximo a um lugar chamado Washout (também conhecido como “Hollywood” e “A Beira da América”), no qual, segundo Tommy, era onde se pode pegar as melhores ondas em toda a costa da Carolina do Sul. Nós

estávamos debaixo de um guarda-sol, vasculhando entre pilhas de pastas encontradas na Sala. Tempestade estava no *Perdido* para o caso de termos esquecido algum item.

E Tommy? Ele estava pegando onda e se divertindo com os nativos, incluindo a "surfista" de músculos definidos chamada J.J., que conseguia ficar em um pé só na prancha sobre a crista da onda.

– Vamos lá – disse Beck, piscando através dos óculos 3-D. – Já era tempo!

Beck e eu passamos uma jornada inteira de nove horas desde nosso último mergulho na costa da Flórida até Charleston alternando-nos para deslizar as nuances de tom cinza ao ler babaquices escolares sobre arqueologia, egiptologia e todos os outros tipos de *logias*. Bons tempos. Muitas risadas. (Só que não.)

– Este papel é sobre escavações em um vale espartano chamado Therapne, próximo ao rio Eurotas, onde alguns estudantes acreditam que a verdadeira Helena de Troia teve um castelo. E veja isto: espaço duplo entre linhas.

Ela se interessou. Não por Esparta ou pela verdadeira Helena de Troia. Pelo espaço duplo.

– Você consegue ler algo entre essas linhas?

– Sim. É a letra do papai. Diz: "Negociar a máscara africana por um pingente minoico de abelha".

– Certo. Estivemos lá. Fizemos isso.

– Isto é interessante: "Louie Louie: faz negócios justos, porém com *qualquer um*".

– Isso é verdade. Ainda não posso acreditar que ele ajudou Nathan Collier.

– Eu acredito – disse Beck. – Sujeira atrai sujeira. Agora, anote isto: "Levar o amuleto da abelha a Portia Macy-Hudson, em um mercado paralelo de artes e antiguidades, Sunset Lane, 333, Daniel Island, nos arredores de Charleston. Negociar o objeto".

– Aposto que essa tal Portia Macy-Hudson tem a outra metade desse amuleto de abelha – declarei.

– Eu também aposto. Depois de "adquirir o objeto", devemos levar "o objeto" ao Professor Lewis em Nova York e pedir que ele o certifique.

– Hum, o que exatamente é "o objeto"?

– O papai não falou.

– Porque pensou que ele mesmo estaria no mercado negociando.

Beck inclinou a cabeça.

– Vamos torcer para que essa tal Portia saiba o que o papai estava procurando.

– Como Louie Louie sabia.

– Exato.

Beck fechou a pasta de arquivos.

– Sabe – comecei –, acho que descobri por que o papai fez anotações secretas entre as linhas de um documento particular: Helena de Troia foi sequestrada.

– Dã. Nós aprendemos isso quando a mamãe nos ensinou mitologia grega no ensino fundamental.

– Você não entende? – perguntei, entusiasmado. – O papai sabia que a mamãe também tinha sido sequestrada. Essa missão era, e ainda é, sobre o resgate *dela*.

– Você está viajando – Beck criticou, revirando os olhos.

– Tá, Beck. Pense positivo. Nós vamos resgatar a mamãe.

– Não, Bick. Você precisa *crescer* e parar de ser tão ingênuo.

E lá mesmo, na Praia Folly, cercados por manos surfistas e ratas de praia, a Tagarelice dos Gêmeos número 431 explodiu como o Monte Vesúvio (recentemente lemos sobre isso em uma anotação do papai das ruínas de Pompeia).

– Crescer? Sou dois minutos mais velho do que você!

– Então aja conforme a sua idade, Bickford. Pare de dizer que vamos resgatar a mamãe.

– Eu vou, Rebecca. Logo depois de você parar de ser tão arcaica e cabeça-dura.

– Arcaica? Que palavreado é esse?

– Quer dizer que você age como uma chata.

– Eu não sou, não. Estou apenas sendo realista.

– Não, você está sendo uma pessimista antiquada e quadrada.

– Lamento, Bick. Mas o mundo é o que é, e não o que queremos que ele seja.

– Não precisa ser desse jeito, Beck.

– Você é um caso perdido.

– Não sou, não.

– É, sim.

– Pensei que você tivesse dito que eu precisava parar de ter esperanças.

– Porque você precisa!

– Bem, como eu posso ser um caso perdido e sem esperança se eu tenho esperanças o tempo todo?

– Eu não sei.

– Nem eu.

– Então, tá.

– Certo.

Nós demos um profundo suspiro.

A discussão, como a última onda que quebrava na praia, tinha oficialmente terminado.

Beck falou primeiro.

– Você acha que a nova namorada do Tommy poderia nos dar uma carona até o nº 333 da Sunset Lane?

Do modo como J.J. e Tommy ficaram comparando os músculos de seus braços e rindo, eu tive o pressentimento de que eles enviariam convites de casamento em algumas semanas.

– Com certeza.

– Legal. Vamos lá.

– E nós precisamos ir buscar Tempestade. Ela está usando o amuleto de abelha.

– Certo – Beck fez uma pausa. – Sabe, talvez tudo isso *possa* nos levar até a mamãe, Bick.

Eu sorri.

– Obrigado.

– Ei – Beck disse –, eu também quero resgatá-la. Preciso agradecer a ela por ter escolhido a gêmea mais esperta para usar esses óculos 3-D.

Capítulo 46

Por sorte, J.J. tinha uma van surpreendentemente incrível de tacos mexicanos que ela havia transformado em surfemóvel. Era pintada em um tom violeta bem vivo com flores amarelas e tinha um amplo espaço nos fundos onde todos nós cabíamos.

– Seu amigo deve ser cheio da grana – J.J. comentou enquanto parávamos em frente à mansão de vidro e concreto em Daniel Island. O lugar tinha vaga para cinco carros na garagem. Cada um desses carros provavelmente tinha seu banheiro privativo também.

– Acho melhor você esperar aqui, J.J. – Tommy recomendou.

– Beleza. Não estou vestida para visitar um museu.

J.J. ainda estava usando roupas de surfista: uma camiseta justa que ela chamava de "protetor de bolhas", uma toalha enrolada na cintura, óculos de sol e um relógio esportivo de cor violeta bem viva. E ela tinha razão: o grande prédio de vidro parecia um museu de arte moderna.

Tommy, Tempestade, Beck e eu escolhemos um caminho escondido por baixo de uma videira coberta até um quintal sombreado com um espelho d'água refletindo o cenário. Escalamos degraus de mármore branco e batemos na porta dupla feita de bronze pintada para se parecer com um pôr do sol. Tocamos a campainha. Algumas vezes.

Aproximadamente um minuto depois, a porta da frente balançou, abrindo-se, e uma senhora muito elegante de uns 50 anos se encontrava no salão. Ela usava óculos vermelho-vivo e um batom vermelho ainda mais forte.

– Er, sii-immm? – ela arrastou as palavras, encarando-nos como se fôssemos mendigos que tivessem tomado o rumo errado em algum lugar do continente. – Posso ajudá-los?

– Humm, você é a Senhorita Portia Macy-Hudson?

– Sii-immm?

(Parece que os sulistas podem fazer com que uma única palavra como *sim* soe como se fossem três.)

– Uau – Beck deixou escapar, olhando ao redor da Senhorita Macy-Hudson para examinar minuciosamente dentro da casa. Havia uma sala extraordinariamente grande, bem iluminada pelo sol, com enormes pinturas a óleo pendurados por todas as paredes brancas de pé-direito alto. – Este é um Picasso? E aquele lá, sobre a lareira... é um Cézanne original, não é?

– Nós somos os Kidds, filhos dos Kidds – eu disse.

– Quem?

– Professor Thomas Kidd. O famoso arqueólogo e caçador de tesouros.

– Ah, sii-immm. Claro. O seu pai e eu conversamos por telefone há uma semana.

– Se importaria se entrássemos? – perguntou Tempestade, invadindo a sala sem esperar a resposta. – Eu me queimo facilmente.

A Senhorita Macy-Hudson chiou qualquer coisa enquanto nos juntamos atrás de Tempestade.

Tommy assobiou.

– Venham ver – ele chamou. – Ela não está vestindo nada exceto uma flor no cabelo e um cadarço no pescoço.

– Isso, meu jovem... – A Senhorita Macy-Hudson torceu o nariz. – ... é uma das obras-primas modernas de Monet. Foi inspirada, é claro, pela grandiosa *Vênus de Urbino*.

– Vênus também ficava pelada?

– Mas é claro.

– Cara. Definitivamente preciso visitar mais museus de arte.

– Nada disso interessa – resmungou Tempestade, dando uma rápida examinada nas dúzias de pinturas. Obviamente ela havia buscado em sua memória fotográfica as imagens de arte fixadas nas paredes da Sala.

– Vocês têm algum outro motivo para estar aqui além de xeretar? – perguntou a Senhorita Macy-Hudson. – Caso contrário, terei que gentilmente pedir licença a vocês para...

ESTE PICASSO
TEM UM VALOR
INCALCULÁVEL!
OOOH...

Ela engasgou.

– Onde... vocês conseguiram esse amuleto? – A Senhorita Macy-Hudson perguntou, apontando para o pingente de abelha no pescoço de Tempestade.

Eu interferi.

– De um comerciante – respondi friamente. – Que gosta de fazer negócios com aqueles que gostam de negociar com ele.

– Você gosta de negociar, Portia? – Beck perguntou. – Quer fazer negócios?

– Por um pingente de deusa-abelha minoica?

– É uma deusa? – perguntou Tempestade, segurando o objeto a poucos centímetros do rosto.

– Você não deveria usar isso! – a Senhorita Macy-Hudson exclamou. – Ele tem mais de dois mil anos! O bronze é muito, muito frágil.

– Tranquilo – Tommy disse. – Já está mesmo quase partido ao meio.

– Eu tenho a outra metade! – a Senhorita Macy-Hudson gritou, esticando os braços como um zumbi sem cérebro. – Eu preciso desse amuleto.

– Certo – falei. – O que você pode dar em troca?

– Faça uma proposta.

– Hum, você e o papai falaram sobre fazer algum acordo?

– Sim! – Os olhos gananciosos dela cresceram ainda mais.

– E o que o papai queria em troca?

– Ele não foi muito preciso. Eu quero a abelha. Eu *preciso* da abelha. Preciso ter a abelha! – Percebendo que estava basicamente pirando, ela se recompôs. – Darei qualquer coisa que vocês desejarem.

Os olhos de Beck se iluminaram.

– Qualquer coisa?

– Qualquer coisa que virem nesta casa. É de vocês. Apenas digam!

Capítulo 47

— Vocês não estão vendo? – A Senhorita Portia Macy-Hudson nos levou para uma galeria subterrânea, descendo as escadas. – Eu sou a reencarnação da *antiga* Portia, a soberana minoica conhecida como a Pura Abelha-Mãe, que foi escolhida por Apolo e dotada de uma profecia.

(Ela também era fora da casinha, se quiser saber a minha opinião.)

A sala de baixo da dama maluca era ainda mais doida. Cada canto tinha bugigangas de abelhas amontoadas. Um afresco de deusas-abelhas da Suméria. Uma escultura de abelha em calcário. Um tecido de seda pintado com quatro hindus Bhramari Devi armados, uma deusa-abelha da Índia com uma colmeia zumbindo em seu cabelo. Havia até mesmo algumas caixas montadas do cereal Honey Nut com o desenho da abelha.

Cereal
Sabor mel de abelha

E, no meio da sala das abelhas, em sua própria corrente de ouro brilhante, estava a outra metade da nossa bugiganga de abelha.

– Quando meu pingente estiver completo – Portia disse entusiasmada, com os olhos quase tão dilatados quanto um presunto cozido com mel –, eu serei a nova alta-sacerdotisa da antiga mágica da abelha! Deem o amuleto para mim! Peguem qualquer coisa que quiserem!

– Sério? – perguntou Beck. – Podemos levar aquele Picasso da outra sala? Porque deve valer zilhões de dólares.

– Qualquer coisa. É seu. Apenas me dê o pingente da abelha.

Certo, é mais ou menos como entregar um cartão de presente com um milhão de dólares em crédito na loja Apple, especialmente para Beck, que *aaaammaa* arte (não que haja algo errado nisso).

– Certo. Vou levar o Picasso – ela declarou. – Não, espere. O Degas. Ou, hum... aquele Cézanne!

– Eu quero *aquele lá* – falou Tommy (tenho certeza de que você sabe exatamente a qual pintura ele se referia).

– Este quadro aqui atrás... – comentou Tempestade, gesticulando para a cena sombria de um barco antiquado sendo sacudido por uma enorme onda em meio a uma tumultuada tempestade. – É *A Tempestade no Mar da Galileia,* de Rembrandt, não é?

– Ai, ai. Não é à toa que é você que está usando o pingente. Você tem gosto para arte, querida.

– Não tenho, não. Esse é o departamento da Beck. Eu apenas tenho memória fotográfica. Esse Rembrandt especificamente foi roubado de um museu em Boston em março de 1990 com outras doze obras de arte, o que foi considerado o maior crime artístico da história dos Estados Unidos. Um caso que permanece sem solução.

– Então é só isso? – disse Portia, exagerando seu gentil modo sulista. – Do porquê eu não faço ideia. Sou apenas uma mulher de meia-idade. Não faço perguntas.

Enquanto ela se defendia, um monte de caixas de madeira cheias de palha seca me chamou a atenção. Elas estavam guardadas dentro de um armário aberto.

– O que são essas coisas? – perguntei.

– Mercadoria nova – Portia explicou. – A maioria é bobagem. Chegou semanas atrás, do Mediterrâneo, entre as aquisições de um especialista com quem trabalho. Não tive tempo ainda de catalogar ou de avaliar os preços.

– Você se importaria se eu desse uma olhada? – perguntei.

– Fique à vontade.

Em uma das caixas, vi um vaso fragmentado e sujo com duas alças de cântaro e uma base de apoio. Havia cenas pintadas nos lados em uma cor rústica de argila contrastando com o preto e fazendo-me lembrar das ilustrações nos nossos livros de mitologia grega. A cena ao lado do vaso que pude ver através das tiras mostrava um garoto perseguindo uma garota.

– O que tem nessa caixa?

– Essa coisa velha e suja? Um vaso grego.

– Qual a importância de um vaso grego? – perguntou Tommy Cabeça-de-Vento.

– Acudir aqueles que estão apertados! – gritei. – Vamos levá-lo!

Capítulo 48

Puxei a caixa para fora do armário. Na mesma hora, juro que poderia ouvir a voz do papai na minha cabeça dizendo: É esse o caminho, Bick. Você decifrou meu código secreto!

Infelizmente, nos meus *ouvidos*, eu podia ouvir a Senhorita Portia Macy-Hudson tagarelando com alegria.

– Vocês poderiam ter escolhido qualquer coisa da minha inestimável coleção de arte e escolhem isso? Um pedaço de vaso velho? Que garotinho mais tolo!

Eu também podia ouvir Beck.

– Você está louco, Bick? Temos que levar o Rembrandt ou o Picasso.

– Ou a gostosa – Tommy disse.

– Eu vou levar o Rembrandt – Tempestade anunciou. – Lembro que a seguradora do museu ofereceu uma generosa recompensa por seu retorno preservado.

– Não! – gritei. – É este *o objeto* que queremos.

Tentei mesmo destacar essas duas palavras para que Beck entendesse por que o papai tinha a charge do vaso grego sob o tampo de vidro na Sala, por que ele vivia repetindo a mesma piada boba para mim o tempo todo. Mas ela não entendeu. Eu não a culparia.

– Vamos sair daqui – chamei. – Logo.

– Ma-ma-mas... – Beck gaguejou, totalmente perplexa. – Picasso? Rembrandt?

– Esperem! – gritou a abelha-rainha maluca. – Primeiro eu tenho que tomar posse da minha mercadoria e me certificar de que é um genuíno amuleto minoico, e não uma imitação barata.

Ela começou a estalar os dedos, mover os lábios e fazer ruídos estranhos de zumbido enquanto se dirigia a Tempestade. Ela também contraiu os ombros como se tivesse asas. Sim. Ela era mesmo nossa Abelha-Rainha Bizarra.

– Dê a ela o pingente, Tempestade – eu disse.

Tempestade retirou o colar por cima da cabeça cuidadosamente e entregou a abelha para a Senhorita Portia Macy-Hudson, que recebeu a bugiganga como se fosse o Santo Graal.

– Depois de todos esses anos, ele finalmente é meu! – A mulher estava praticamente ofegante. Ela pegou o amuleto e correu até a corrente onde a outra parte estava disposta. – Oh, sacerdotisa abelha ancestral de Creta! Estamos novamente completas!

Parecia que as duas partes se encaixavam.

– Venho procurando esta relíquia perdida durante anos! Por décadas! Onde vocês a encontraram?

Eu estava prestes a responder quando uma voz familiar interrompeu:

– Ora, eu sei exatamente onde eles a encontraram, mamãe!

E quem entrou na sala foi *Daphne*, a amiga "loira burra" de Tommy das Ilhas Cayman. Ela não estava usando biquíni e piscando hoje. Estava enfeitada com uma roupa de jogar tênis toda branca com abelhas bordadas no lugar de cavalos.

– Ei, Daphne – Tommy cumprimentou, fazendo uma de suas principais poses. – Como vai?

Naquela hora, o charme não estava ajudando. Daphne estava com as garras de fora. Bem de fora.

– Esses pirralhos negociaram com Louie Louie, mamãe. Deram a ele uma máscara africana por aquele adorno de abelha. Eu estava prestes a fazer exatamente a mesma coisa, mas aquela ali...

Ela apontou sua garra lindamente bem-feita para Beck. E, julgando pelo louco olhar homicida em seu rosto, ela era ainda mais maluca-psicótica que a mãe.

– Ora, ela veio atrás de mim com uma arma de duplo calibre! E agora vocês todos vão ver como é se sentir apavorado!

Ela quebrou uma caixa de vidro saliente na parede e sacou um antigo punhal de sacrifícios asteca. Tinha o cabo em forma de colmeia e uma longa ponta muito afiada.

– Corram! – gritei.

Desta vez ninguém discordou de mim.

Nós quatro voamos através da porta, espalhamos água na travessia do espelho e saltamos para dentro da traseira do surfemóvel de J.J.

Daphne, ganindo como uma bruxa, estava quase dez metros atrás de nós.

– Temos que acelerar – Tommy avisou.

– Beleza – disse J.J., descendo o pé com tanta força no acelerador da van de tacos mexicanos que, para mim, havia empinado o carro.

Nós disparamos. A louca da Daphne nos perseguiu com um punhal de abelha por aproximadamente 400 metros.

Quando finalmente a perdemos de vista, J.J. se voltou para Tommy.

– O que foi aquilo?

– Apenas, sabe, uma garota excêntrica que conheci. Nas ilhas.

J.J. apenas balançou a cabeça.

– Ela é meio elétrica, hein?

– Totalmente maluquete.

Olhei em volta de dentro da traseira da van. Nada de facas, nem asteca nem de qualquer outro tipo. Fiquei imaginando que, se J.J. alguma vez desconfiasse que Daphne tinha de fato alguma coisa com Tommy, ela o acertaria na cabeça com uma prancha de surfe.

Capítulo 49

Assim que voltamos para a marina e embarcamos a salvo no *Perdido*, Beck e eu nos dirigimos ao púlpito da proa.

Eu ainda carregava a caixa de madeira com o vaso grego. Beck continuava resmungando coisas como: "Nós poderíamos ter um Picasso ou um Rembrandt raro, mas *nãããooo*. Bick quis o velho jarro de mel grego da abelha-rainha".

Definitivamente, estava na hora da Tagarelice dos Gêmeos número 432.

– Que raios foi aquilo que aconteceu, Bickford?

– Eu segui a pista.

– Que pista?

– A charada boba do papai sobre o vaso grego.

– Ele nunca me contou.

– Sim, bem, a mamãe também nunca me deu um par de óculos 3-D para decifrar mensagens secretas e mapas.

– E daí? A Tempestade sabia onde estava escondida A Chave da Sala e nós não! – Beck disse, rispidamente.

– Grande coisa – devolvi. – O Tommy sabia onde estava escondida a *reserva para a faculdade*!

– E daí? – gritou Beck. – Você acha que a mamãe e o papai nos dariam algum tipo de pista especial que não dariam a mais ninguém?

– Acho. Agora que você mencionou, eu acho, sim! – gritei de volta.

– Bem, pensei nisso primeiro.

– Claro que sim.

– Por isso que eu falei antes de você.

– Eu sei.

– Certo.

– Ótimo.

– Estamos de acordo?

– Totalmente.

Nós dois tomamos fôlego.

– O que é isto? – perguntou Beck, apontando para algo dentro da caixa do vaso que eu não pude ver. Eu sacudi a caixa de madeira.

Havia uma inscrição pintada em uma das ripas de madeira: uma pintura de cobre com uma silhueta que se parecia muito com um rinoceronte atarracado de uma perna só. Ou uma costela de porco mastigada. Mais abaixo da mancha de tinta, havia dois ramos de oliveira cruzados.

Felizmente, enquanto Beck e eu observávamos a estranha marca, Tempestade subiu até a proa.

– Interessante – ela disse, estudando a marca estampada. – Imagino que este vaso grego a princípio deveria ir para Chipre antes de alguém roubá-lo e desviá-lo para *O Show de Antiguidades Roubadas da Tia Abelha*.

No instante em que Tempestade falou isso, Beck e eu nos demos conta.

– É claro! – exclamou Beck. – É o contorno da ilha de Chipre.

– A imagem é de cobre – expliquei, lembrando as lições de escola da mamãe sobre mapas-múndi. – Porque o nome Chipre vem da palavra grega "cobre".

– O que está havendo, pessoal? – perguntou Tommy, que tinha acabado de se despedir de J.J. na marina.

– Bick é um gênio! – Beck elogiou.

– Não, esse é o departamento da Tempestade.

– Verdade... – Tempestade concordou, encolhendo os ombros. – Não me gabando. Apenas constatando um fato.

– Esse só pode ser o objeto que o papai queria que nós negociássemos – Beck continuou.

– Deveria ser embarcado para Chipre – concordei. – Onde aqueles bandidos estão com a mamãe.

– Essa pode ser a chave para resgatá-la – Beck disse.

Inclinei a caixa para poder olhar entre as ripas pregadas na parte de cima e examinei a boca da jarra.

– Pessoal! Tem alguma coisa dentro do vaso! Parece um envelope.

– Traga a caixa de volta para a popa – pediu Tommy. – Vou pegar um pé-de-cabra.

Beck e eu cuidadosamente carregamos a caixa para o fundo do barco. Tommy veio da cabine com uma alavanca.

– Não quebre o vaso – alertou Tempestade.

Tommy abriu as quatro ripas de madeira no topo da caixa. Uma vez feito isso, Tempestade usou nosso pegador de salsichas para retirar o envelope de dentro do antigo pedaço de cerâmica.

Fiquei imediatamente confuso.

– O que são documentos de procedência?

– Certificados que ajudam a provar que uma obra de arte não é falsa – Beck explicou.

– Então o vaso é valioso? – perguntei.

– Só há um meio de descobrir – afirmou Beck. – Levando-o a um especialista para certificá-lo.

– Professor Lewis – disse Tempestade. – Professor de Arte Antiga do Oriente Próximo e Arqueologia, oitavo andar, Hall Schermerhorn, Universidade de Colúmbia, Nova York, Nova York, 10027.

– Exato – concordou Tommy. Ele subiu para a casa do leme e calculou nossas novas coordenadas.

Dez minutos depois, *O Perdido* estava de volta ao oceano, navegando ao norte rumo a Nova York.

Estava hora de encontrar o Professor Lewis.

Parte 3

No Palácio do Pirata Rei

Capítulo 50

Quando deslizamos para o porto de Nova York e passamos em frente à Estátua da Liberdade, havia vários tipos de embarcações – barcaças, navios de cruzeiro, barcos de recreio, barcos a vela –, e qualquer uma delas poderia estar nos seguindo.

Ou a gente estava simplesmente ficando paranoico.

Saber que seu pai e sua mãe trabalham para a CIA faz isso com você.

Subimos o rio Hudson e aportamos na marina da rua 79 Oeste, não muito longe do escritório do Professor Lewis, no campus de Colúmbia, perto da rua 118 Oeste. Quando atracamos no píer, o computador da casa do leme disparou um aviso de alerta de *e-mail*.

CHEGAMOS NA **HORA DO RUSH.**

Era do Tio Timothy.

Conversa em Charleston sugere que vocês se aproximaram mais de completar seus objetivos. Parabéns. Eu arranjei, com a ajuda de amigos, para vocês quatro passarem a noite no Hotel Plaza.

O Hotel Plaza é o mais sofisticado em toda a cidade de Nova York.

Também foi onde a mamãe e o papai passaram a lua de mel e onde todos nós ficamos algumas vezes, quando éramos uma grande família feliz.

Então, Tommy embrulhou o vaso grego em uma camiseta macia (e fedorenta) e o enfiou dentro de uma sacola de academia. Chamamos um táxi e nos dirigimos através da cidade para nos registrarmos no hotel.

– Hora do nosso passeio a cavalo! – disse Beck.

– Sem dúvida – respondeu Tommy.

Cocheiros de carruagens sempre ficam esperando logo na saída do hotel; uma espécie de castelo no extremo sul do Central Park. Na verdade, o papai sempre brincou que o Plaza custa mais do que a maioria dos hotéis porque "tem mais cavalos de força".

Sim. O papai gosta de trocadilhos infames.

Enquanto cavalgávamos ao vento subindo uma colina no Central Park, ficamos totalmente silenciosos por um longo, longo tempo.

Eu estava pensando no papai e na mamãe e na última vez em que fizemos esse mesmo passeio a cavalo. Acho que todos os outros estavam pensando nisso também.

– Eu preferiria estar sentada no colo do papai – confessou Beck.

– Com a mamãe dizendo o nome de todas as estátuas e porcarias – completou Tommy.

– E então, de noite – Tempestade murmurou –, eles sentariam comigo no chão do quarto do hotel e me ajudariam a memorizar o mapa do metrô.

– Ei! – eu disse, tentando mudar de assunto antes que todo mundo (incluindo o cocheiro da carruagem e o cavalo dele) começasse a soluçar. – Depois do passeio de carruagem, vamos pegar alguma coisa para comer.

– Serendipity! – todos gritaram ao mesmo tempo, inclusive eu. Serendipity 3 era o restaurante preferido do papai e da mamãe em Nova York, provavelmente porque eles servem aquela incrível sobremesa, o "Chocolate Quente Congelado".

Havia todo tipo de memórias familiares embalado nas paredes dentro do famoso restaurante sugestivamente decorado. Então, muito embora estivéssemos degustando a mais alegre mistura de sorvete com chocolate jamais criada, estávamos todos nos sentindo meio tristes.

No meio da sobremesa, entretanto, Beck se inclinou, aproximando-se, e cochichou alguma coisa no meu ouvido:

– Não se preocupe. Da próxima vez que estivermos aqui, haverá dois canudinhos a mais no chantilly. Um para a mamãe.

Completei o pensamento dela:

– E outro para o papai.

CAPÍTULO 51

Bem cedo, na manhã seguinte, depois de um sofisticado café da manhã no Hotel Plaza com bacon, ovos e torradas, que custou 33 dólares por pessoa, partimos para a Universidade de Colúmbia com o vaso grego embrulhado dentro da volumosa sacola de academia de Tommy.

No instante em que pusemos os pés para fora das portas ainda mais magníficas do hotel e descemos os degraus cobertos de carpete vermelho extremamente imponente, tive a sensação de estarmos sendo vigiados.

– Ei, pessoal – alertei, apontando com a minha testa para os três camaradas de óculos escuros, bermuda e camisa havaiana –, o tipo folgado que esconde coldres de ombro. Todos os três tinham rabichos e fios

LEMBRETE PARA OS SURFISTAS BANDIDOS:
DA PRÓXIMA VEZ, TENTEM SE DISFARÇAR MELHOR, CARAS.
FALA SÉRIO. ISTO É NOVA YORK, NÃO UMA PRAIA.

pendendo de fones de ouvido, fazendo-os parecer agentes do Serviço Secreto em férias tropicais. Todos eles estavam focados em nós.

– Fique tranquilo – disse Tommy, que carregava a mochila de academia. – Precisamos despistar esses boias.

(Eu não tinha a menor ideia do que o meu irmão havia acabado de dizer. J.J., a garota surfista, tinha ensinado ao Tommy uma tonelada de gírias de surfista durante o breve tempo em que eles estiveram juntos.)

Para evitar os "boias", caminhamos ao redor de uma imponente e borbulhante fonte e seguimos para a Quinta Avenida.

Os três surfistas da cidade de Nova York seguiram esse caminho atrás de nós.

– Venham – Tommy disse quando chegamos na rua 57 Leste. Ele nos conduziu para o quarteirão abaixo, em direção à entrada de arcada de vidro da Niketown. Não porque precisasse de um novo par de tênis. Mas porque ele sabia que o lugar estaria bombando de gente.

Zarpamos em direção ao que era basicamente o Museu do Tênis da Cidade de Nova York. Todos os tipos de manequins estavam enfeitados com incríveis artigos da Nike. As paredes estavam salpicadas de tênis com mais cores do que dentro de um pacote tamanho jumbo de M&M's. Música pulsante explodia pelos cinco andares majestosos do átrio.

– Precisamos despistar aqueles três – alertei. – Acho que são surfistas.

– Não há nada de errado com surfistas – Tommy argumentou. – J.J. era legal.

– Sim – Beck disse –, mas ter esses três na nossa cola cheira a encrenca.

– A gente poderia pegar os elevadores até o quinto andar e escapar pela saída de incêndio para chegar à rua novamente – sugeriu Tempestade, que já tinha memorizado o mapa de fuga de incêndio da loja.

– Vamos simplesmente fazer isso – resumiu Tommy, citando o *slogan* em inglês da Nike, postado em todos os lugares.

Tempestade entrou no elevador primeiro, com Beck e eu bem atrás dela. Tommy ficou na parte posterior – depois que passamos alguns segundos conferindo um incrível tênis à prova d'água.

Subindo o elevador entre o segundo e o terceiro andares, vi um cara baixinho com uma camiseta da estranha marca "Adudas" descendo do outro lado. O cabelo dele estava penteado para trás com um rabicho. Um rabicho muito familiar.

Olhei para Beck. Ela olhou para mim.

– Andem logo, vocês dois – Tommy cochichou, aproximando-se de nós. – Precisamos despistar o rabicho.

Concordei. O baixinho poderia querer que nós lhe comprássemos um cilindro de mergulho novo para repor aquele que tínhamos atirado nas águas infestadas de tubarões.

Começamos a subir a escada rolante de dois em dois degraus. Até trombarmos com Tempestade. Ela não estava se mexendo.

– Qual é o problema, Bick? – ela perguntou.

– Piratas – eu disse com os dentes cerrados. – Aqueles que deixamos para os tubarões cuidarem.

– Impossível. Você sabe a probabilidade de alguém sobreviver a um ataque de tubarões?

Eu nunca consegui ouvir a resposta.

Porque, quando chegamos ao terceiro andar, vimos outro rosto familiar. Este tinha uma pequena barba triangular no queixo. Chefia, o líder dos piratas. O braço dele estava com uma tipoia e, pelo jeito como olhou para nós, imaginei que ele ainda estivesse sentindo a ferroada da água salgada na ferida do ombro que lhe proporcionamos.

Capítulo 52

Chefia mexeu em sua orelha esquerda com a mão direita (porque o braço esquerdo estava na tipoia).

Ele tinha um fone de ouvido como os outros três caras de óculos escuros e camisas havaianas – os quais, quando olhei para trás de nós, tinham acabado de chegar ao segundo andar e conversavam falando para dentro da manga da camisa.

– Bem-vindos à cidade de Nova York, carinhas – cumprimentou Chefia. – Terra dos corretores de Wall Street e de outros tipos variados de tubarões terrestres. O Senhor Collier precisa ter uma conversinha com vocês quatro.

– Tá – eu disse – Esta é a palavra: corram!

Nós quatro disparamos pela loja como os monstros do livro.

– Saiam do caminho, gente! – Tempestade gritava. – Andem, ou ficarão para trás! Por aqui!

Chefia veio mancando atrás de nós. Calculei que um daqueles tubarões teria mordido a perna dele (ou abocanhado seus dedos dos pés) antes que ele e seus companheiros piratas de alguma forma se salvassem.

– Uau! – Tommy exclamou e se virou para trás. – Deem uma olhada nesses tênis!

– Fazia sentido. Nós podíamos estar correndo pela vida inteira, mas isso não significava que Tommy não pudesse admirar toda aquela mercadoria fantástica exposta ao redor de nós.

– Ei – gritou um dos vendedores da Nike quando passamos correndo por uma fila inteira de manequins –, vocês não podem correr aqui dentro.

– É claro que podemos! – gritei de volta. – Na verdade, isso é o que nós estamos fazendo agora.

– Queremos ter certeza de que os nossos tênis de corrida funcionam bem – acrescentou Beck. – Até agora, tudo certo.

Tempestade nos conduziu aos elevadores e ficou apertando o botão de descida.

As portas correram para se abrir.

Pulamos para dentro.

As portas se fecharam.

Bem na hora em que Chefia e seus três capangas surfistas surgiram à vista.

– Eles vão pegar as escadas – eu disse. – Ou a escada rolante. De qualquer jeito, vamos chegar antes deles no saguão.

– E depois? – perguntou Tempestade. – Mais correria?

– Com certeza – Tommy garantiu. – Vocês estão a fim?

– Totalmente.

As portas correram para se abrir e nós saímos voando para a porta de saída.

– Ei, sem correria! – gritou outro funcionário da Nike.

– Desculpe! – gritei de volta. – Não conseguimos encontrar tênis para caminhada.

Saímos batendo as portas da frente.

– Táxi – gritou Tempestade.

Inacreditavelmente, havia um parado bem no meio-fio.

– Este é o nosso dia de sorte! – Beck disse.

Exceto por, no nanossegundo que ela levou para dizer isso, um empresário com uma capa de chuva agarrou a maçaneta da porta e roubou nosso táxi!

– Para a esquerda – Tempestade disse. – Precisamos seguir na direção da Broadway e saltar no metrô para Colúmbia.

Já íamos partir quando ouvi as rodas de um *skate* rolando sobre o concreto atrás de nós.

Virei e vi outro cara, de vinte e poucos anos, com roupas ridículas, correndo na calçada sobre um *skate*. O cara apontava uma arma direto para nós.

Era Jadson, o segundo homem do escalão do Chefia.

Capítulo 53

A esta altura, eu gostaria de me desculpar com o vendedor de cachorro-quente com cujo carrinho a gente colidiu quando descia correndo a Quinta Avenida em frente à Torre Trump. Desculpe por isso, senhor. Mas, se a regra dos cinco segundos se aplicar às ruas de Nova York (a de que não dá tempo de as bactérias contaminarem os alimentos), espero que você tenha conseguido pegar da sarjeta todas aquelas salsichas Viena e vendido para pessoas que gostem de coisas crocantes para o almoço.

Felizmente, Jason foi aniquilado quando o guarda-sol do carrinho de cachorro-quente virou de cabeça para baixo e o derrubou.

Quando alcançamos a rua Leste 53, corremos atravessando a Quinta Avenida e, de repente, estávamos na rua Oeste 53.

– Foi bem assim que eles desenharam o mapa, Bick – explicou Tempestade, quando viu a expressão de confusão da minha cara. – Lide com isso.

Infelizmente, nas escadarias da igreja Saint Thomas, no lado norte da rua, eu vi mais três caras surfistas, com amplas camisas havaianas e Ray-Bans, usando o celular.

Eles também tinham visto a gente.

– Cara – eu disse –, estou *realmente* começando a odiar surfistas.

– Por aqui – chamou Beck. – O Museu de Arte Moderna é bem aqui em frente neste quarteirão.

– E isso ajuda em quê? – eu perguntei.

– Ei, se vamos morrer, poderemos então fazer isso em frente ao *Noite Estrelada,* de Van Gogh, ou ao *Lírios Aquáticos*, de Monet.

Subimos correndo a calçada congestionada de pessoas, saltando sobre aquela obra-prima de gesso inacreditável que um cara passou a manhã inteira desenhando no concreto.

Os três capangas surfistas estavam bem atrás de nós.

Olhando por cima dos ombros, pude ver as cabeças loiras sumindo e aparecendo no meio da multidão da calçada de amantes da arte enquanto tentavam não perder de vista para onde íamos.

Passamos correndo pela enorme porta de vidro do MoMA (por falar nisso, MoMA significa "Museu de Arte Moderna" e não "mama", de mamãe. E Beck também está me dizendo que se pronuncia *moma* e não *mama*. Eu simplesmente disse para ela que não preciso saber como se pronuncia alguma coisa para saber como escrevê-la. E Beck me sugeriu mudar de vida).

Havia mais ou menos um milhão de pessoas esperando em uma fila enorme, contornando o saguão do museu e terminando na calçada.

Um guarda de calça cinza e blazer azul veio até nós.

– Ei, vocês, crianças. A fila começa lá fora. A menos que vocês sejam associados. Nesse caso, podem se credenciar no balcão de associados.

Eu hesitei.

– Bem, er...

Os três capangas surfistas passaram correndo pela porta de vidro.

Acabei com minha hesitação.

– Gostaríamos de comprar um título de associação familiar.

O guarda indicou com o polegar por cima do ombro.

– Fale com aquela senhora no balcão. – Ele se moveu à frente para falar com os três novos invasores. – Vocês, Havaí Cinco-Zero. Isto é um museu. Não se pode correr em museus.

Enquanto o guarda mantinha os surfistas ocupados, paguei à senhora cinco notas de 100 dólares.

– Isso cobrirá a família?

– Vocês quatro são uma família?

– Sim, madame.

– Um título familiar custa 175 dólares.

– Então, pode nos dar alguns títulos. Estamos com pressa.

Cortamos o caminho pelo jardim de esculturas, descemos correndo por alguns corredores ladeados por estranhos borrões de pinturas e retratos de latas de sopa e nos dirigimos à saída, na lateral afastada do prédio.

Por medida de segurança, atravessamos a rua correndo, dobramos a esquina rapidamente e nos dirigimos para o hotel Hilton, onde havia uma longa fila de táxis amarelos.

– Posso ajudar, crianças? – perguntou um porteiro uniformizado.

– Sim, senhor – eu disse, tirando do bolso outra nota de 100 dólares. – Nosso pai nos contou que você poderia nos ajudar a conseguir um táxi se eu lhe desse uma gorjeta.

O porteiro imediatamente assobiou e um táxi subiu cantando os pneus na pista.

O motorista atrás do volante parecia um maníaco (ouvi dizer que a maioria dos motoristas de táxi em Nova York é de maníacos).

– Hã, Bick? – Beck chamou, quando viu o maluco de olhos esbugalhados. – Talvez fosse melhor irmos andando até Colúmbia.

– Não – Tempestade retrucou, abaixando-se no táxi. – Estou cansada de correr e de andar.

Beck e eu escorregamos para o banco de trás com Tempestade. Tommy se sentou na frente com o motorista. Antes mesmo de fecharmos a porta, saímos do hotel em disparada, com a buzina tocando, o nosso motorista cortando os carros nas avenidas e resmungando em voz baixa. Nós passamos por faróis amarelos, voamos ao redor do Círculo de Colombo e partimos como um tiro da Broadway até Colúmbia.

Sem chance de aqueles capangas surfistas nos apanharem graças a *esta* corrida desenfreada.

Capítulo 54

Conseguimos chegar à Universidade de Colúmbia. Vivos.

– Lá está o prédio do Schermerhorn Hall – alertou Beck, apontando para um edifício de tijolos vermelhos com um telhado do mesmo verde da Estátua da Liberdade.

– Foi construído em 1896 – disse Tempestade. Acho que ela memorizou um panfleto da faculdade. – A inscrição sobre o batente da porta diz: "Conversa com a terra e ela te ensinará".

– Sério? O pessoal da faculdade conversa com a sujeira?

– Vamos – chamei. – Precisamos achar o Departamento de Arte Antiga do Oriente Próximo e Arqueologia.

Entramos no edifício e pegamos o elevador até o oitavo andar. Tommy ainda estava arrastando o vaso grego em sua enorme mochila de academia.

Quando descemos no corredor, escutamos uma aluna dizer:

– Obrigada, Professor Lewis!

– Você é muito bem-vinda, Kathryn. Muito bem-vinda, na verdade.

A voz dele soou meio familiar. Ele parecia falar as vogais de um jeito meio molhado ou babado.

Beck bateu na porta do escritório.

– Professor Lewis?

– Entre, entre.

Nós quatro entramos em um pequeno escritório abarrotado de livros e pilhas de papéis até o teto. Ele também estava abarrotado com o Professor Lewis, que provavelmente pesava uns 160 quilos e parecia poder estourar entre os braços de sua cadeira de madeira rangente. Ele tinha bochechas gorduchas e cabelo ondulado esticado para baixo com risca no meio. Usava um paletó esporte amarrotado de *tweed*, uma camisa amassada, uma gravata com uma dançarina de hula e calça *jeans*.

– Vocês quatro estão na minha série de palestras? – ele perguntou, olhando por cima dos óculos.

– Não – eu disse. – Somos os filhos do Dr. Kidd.

– É mesmo? – Meu irmão insinuou que vocês poderiam vir me ver.

– Seu irmão?

– Meu irmão *gêmeo*. Um, vamos dizer, "negociante de antiguidades" muito interessante lá nas Ilhas Cayman.

Beck me lançou um olhar. *Seria possível?*

– Você está falando de Louie Louie? – perguntei.

– Naturalmente. Ele escreve o sobrenome de modo diferente do meu, mas por essa excentricidade devemos culpar nossos pais, que ensinaram que os gêmeos deveriam compartilhar tudo, inclusive os nomes. Para satisfazer os oficiais do registro de nascimento, entretanto, eles escreveram os nomes ligeiramente diferentes. Ele é Louis, com "ou", e eu sou Lewis, com "ew".

– Puxa, agora que falou, você se parece um pouco com Louie Louie.

(Isso foi muito politicamente correto da parte de Beck. Porque ela poderia ter dito: "Puxa, vocês parecem dois balões que escaparam do desfile de ação de graças da loja Macy".)

– O fato de Louie e eu sermos gêmeos – o Professor continuou – foi a razão pela qual vocês, crianças, acabaram obtendo o amuleto de abelha. Meu irmão me disse que estava fortemente tentado a desfazer o negócio com seu pai e vender o artefato minoico para Nathan Collier. Mas ele deu a palavra ao seu pai. E tem uma fraqueza por gêmeos.

– Não temos todos? – perguntou Tempestade (um pouco sarcasticamente, se você quer saber).

– Bem, então – continuou o professor –, como posso lhes ser útil?

– Bem, senhor – eu comecei –, como deve saber, nossa mãe meio que desapareceu...

O Professor Lewis estalou a língua.

– Oh, sim. Pena que ela tenha sido apanhada nessa confusão. Uma das mais brilhantes mentes arqueológicas que eu conheci. Uma especialista entre as especialistas em autenticar artefatos da Antiguidade.

– É por isso que precisamos do senhor – Beck afirmou.

Tommy colocou a sacola da academia em cima da mesa do professor.

– Oh, puxa! O que há dentro da sacola?

– Um objeto que apanhamos em Charlestown, na Carolina do Sul – expliquei.

– Da Senhorita Portia Macy-Hudson?

– Sim – confirmou Beck. – A maluca com abelhas no cérebro.

– Sem dúvida! – O Professor Lewis esfregou as mãos gorduchas, no estilo de um guaxinim. – Eu poderia examinar o tesouro de vocês?

– Por favor, faça isso – eu disse. – Temos a esperança, considerando que a mamãe não está por perto, de que o senhor possa verificar a autenticidade para nós.

– Farei o meu melhor, crianças. – Cuidadosamente, ele abriu o zíper da sacola da academia.

– Está dentro do embrulho da camiseta – mostrou Tommy. – Desculpe pelo cheiro de suor.

O professor desembrulhou o pacote com cuidado.

– Oh, puxa! – ele exclamou, sem fôlego. – Poderia ser?

Ele extraiu a documentação de procedência de dentro do vaso e leu o que estava escrito nela. Depois, suspirou novamente:

– Oh, puxa!

– O que é? – perguntei.

– O vaso grego.

– Ah. A gente já sabia disso – disse Beck.

– Desculpem. Eu deveria ser mais preciso. É a forma grega produzida esmeradamente com homens e donzelas forjados em mármore.

– Hã? – Ele me confundiu totalmente.

– Crianças, este é o vaso grego. Aquele sobre o qual John Keats, o grande poeta inglês, escreveu a respeito em 1819. Certamente vocês estão familiarizados com "Ode a um vaso grego", não?

– Os últimos versos – completou Tempestade – declaram que "a beleza é a verdade, a verdade, beleza; isso é tudo o que tu sabes sobre a terra e tudo de que precisas saber".

– Amigo – eu disse baixinho, porque isso era o que papai havia rabiscado nas margens do desenho dele do vaso grego na Sala: "Isso é tudo o que tu sabes sobre a terra e tudo de que precisas saber, amigo".

Os rabiscos dele eram mais uma pista!

– Este incalculável tesouro – explicou o Professor Lewis, olhando em êxtase para o pote de argila –, este humilde, mas lindo vaso, é o exato motivo pelo qual sua mãe está desaparecida.

– O quê? – todos nós exclamamos juntos.

– Também será, eu tenho bastante certeza, o motivo pelo qual ela será solta.

Capítulo 55

— A mamãe está viva?

– O senhor tem certeza?

– Como, exatamente, podemos salvá-la?

– Então, como assim este vaso grego vai libertá-la, professor?

Sim, mais ou menos bombardeamos o Professor Lewis com perguntas. Ele fez o máximo para explicar rapidamente.

– Há vários meses – ele relatou – o multibilionário colecionador de obras de arte Athos Aramis, um notório negociante internacional de armas conhecido como Pirata Rei, porque havia fornecido armamentos a muitos bandidos e malfeitores, estava prestes a concluir uma negociação altamente confidencial de troca de antiguidades por armas no Chipre.

– Chipre foi onde os bandidos sequestraram a mamãe – eu disse.

– Exatamente. O Senhor Aramis, que, de vez em quando, fica aqui na cidade Nova York, enviou sua mãe, em quem ele confiava e que frequentemente usava nas transações desse tipo, para analisar as obras de arte e antiguidades que os cipriotas estavam usando para pagá-lo pelos armamentos. Quando verificou a autenticidade do vaso grego, o qual os cipriotas diziam ser o próprio vaso de Sosibios, que o poeta Keats havia descrito como a inspiração de sua famosa ode, sua mãe declarou que se tratava de um objeto falso.

– Por quê? – perguntei. – Pensei que você tivesse dito que era este!

– Tenho quase certeza de que é. Mas *este* vaso havia sido roubado de um navio de carga que se dirigia a Chipre por piratas saqueadores e finalmente seguiu seu caminho até a Senhorita Portia Macy-Hudson, lá na Carolina do Sul. O vaso com o qual os cipriotas estavam pagando o Senhor Aramis era falso, como sua mãe declarou. Seu pai e eu seguimos cuidadosamente as pistas do paradeiro do vaso verdadeiro e finalmente soubemos que estava a caminho de Charleston.

– Então, essas pessoas horríveis em Chipre – disse Beck – sequestraram a mamãe porque ela falou a verdade?

– Ah, sim. Veja, a verdade detonou o negócio deles com o Pirata Rei. Uma vez que sua mãe declarou que o vaso era uma falsificação, o Senhor Aramis se recusou a fornecer aos bandidos cipriotas os armamentos. Os cipriotas, por sua vez, juraram que não libertariam sua mãe, a enviada pessoal do Senhor Aramis, até que recebessem todas as armas prometidas no acordo de troca. Como devem imaginar, as negociações entre as duas partes estão de algum modo paralisadas porque nenhum dos lados está em posse do vaso autêntico.

– Mas agora nós o temos.

– Com certeza – confirmou o Professor Lewis.

– Essa era a missão do papai – explicou Beck. – Encontrar o vaso verdadeiro e depois usá-lo para resgatar a mamãe.

Fiz que sim com a cabeça.

– E agora cabe a nós concluir o serviço para ele.

Capítulo 56

Pense em alguém chocado.

A mamãe, sobre quem tínhamos acabado de saber se tratar de uma agente da CIA, estava também atuando como intermediária para um notório negociante de armas conhecido como Pirata Rei? Enquanto isso, ela também estava auxiliando o papai a dirigir o negócio de caça ao tesouro, ensinando as matérias escolares para nós quatro e cozinhando o melhor taco de peixe do planeta.

Nossa mãe era uma incrível multitarefas.

– Espere um segundo – Beck pediu ao Professor Lewis. – O papai tinha todo tipo de fotografia de pinturas francesas penduradas nas paredes de seu, er... escritório. Qual a relação com elas?

– Imagino que a maioria delas seja de pinturas que seu pai tinha pessoalmente procurado para o Senhor Aramis em um serviço anterior. O resto eram obras de arte a serem proporcionadas pelos bandidos cipriotas em troca de armamentos. Na verdade, seu pai ajudou o Senhor Aramis a organizar a lista de, digamos, obras de arte "faltantes" que ele queria que os terroristas trouxessem para negociar.

Eu quase me dei uma chicotada quando ouvi isso: "terroristas".

– Bem – o Professor Lewis disse –, usei o termo de forma genérica. Digamos que os cavalheiros em Chipre não são muito gentis. Ladrões e contrabandistas são a ralé.

– Mas o Senhor Aramis também é um cara mau, não é?

– Ah, sim. Certamente. Na verdade, eu ousaria dizer que Aramis é um dos piores tipos atualmente na lista dos mais procurados do FBI. Ele vendeu armas para muitos inimigos mortais da América. É impiedoso, extremamente violento e

propenso a soltar muito dinheiro se colocado num beco sem saída. Também ouvi dizer que é extremamente cruel com crianças e com pequenos animais.

– E a mamãe e o papai trabalham para esse cara? – eu estava apavorado. Chocado. Horrorizado. Tudo o mais além disso. – A mamãe autenticava os vasos gregos dele e o papai procurava obras de arte para ele?

– Isso mesmo, mas esse negócio de troca de armas por obras de arte era apenas pequena parte de uma operação muito maior envolvendo Aramis e seus negócios escusos.

– Você está mentindo – Tommy Cabeça-de-Vento disse. – De jeito nenhum a mamãe e o papai trabalhariam para um criminoso como Aramis. Tempestade? Você concluiu mais alguma coisa dessa mistura de verdades?

– De volta para o barco.

– Bom. Precisamos dar um pé na bunda deste monstro e fazê-lo parar de mentir sobre o papai e a mamãe.

– Não estou mentindo, crianças. Mas...

– Não – interrompi. – Não ouse nos dizer que a mamãe e o papai são uma fraude. Que eles estavam apenas fingindo trabalhar para a CIA, de modo que pudessem ganhar uma tonelada de dinheiro trabalhando para esse criminoso Aramis.

– Ótimo – o Professor Lewis disse, com uma misteriosa piscada. – Eu não lhes direi isso. Porque, no coração de vocês, já sabem a verdadeira resposta.

Capítulo 57

Antes de sairmos do escritório, o Professor Lewis insistiu para que nós ficássemos com um cartão de visita dele.

– Podem me ligar a qualquer hora. Dia ou noite. Se eu puder ajudar vocês de algum modo.

– O senhor já ajudou o suficiente – Tommy retrucou, lançando ao professor um olhar de desprezo enquanto embrulhava novamente o vaso em seu encardido moletom para que pudesse enfiá-lo dentro da sacola da academia...

Beck agarrou os papéis de procedência e os enfiou em seu bolso de trás.

– Vamos sair daqui.

– Asseguro a vocês, crianças, que não tive a intenção

de desrespeitá-los. Seus pais eram meus amigos próximos, amigos pessoais. Insisto que vocês parem por um momento e olhem para a situação num quadro mais amplo.

– Não, obrigado – eu disse. – Já terminamos de olhar os quadros. Especialmente aqueles que você diz que o papai roubou.

Nós quatro nos retiramos às pressas e descemos as escadas batendo os pés. Estávamos furiosos demais para esperar o elevador. Saímos do prédio de Schermerhorn Hall e demos uma caminhada pelo campus da universidade. Ninguém dizia uma palavra.

– Nós deveríamos voltar para o barco – sugeri. – Precisamos resolver como vamos entrar em contato com esse Athos Aramis. Talvez, se nós déssemos a ele o vaso verdadeiro, ele pudesse persuadir os bandidos de Chipre a libertar a mamãe.

– Ele está na agenda de endereços do papai no computador – Tempestade relatou, acessando as listagens em sua memória fotográfica.

– Que máximo! Nós vamos pegar o...

De repente, um disco de plástico atingiu Tommy na cabeça.

– Oops, desculpe! – exclamaram quatro universitárias em meio a risadinhas, correndo até nós para recuperar seu disco voador.

– Você se machucou? – a loira perguntou, melosa.

– Não – Tommy respondeu, permitindo que as meninas verificassem seu largo sorriso e suas covinhas. Ele deu umas batidinhas na cabeça com a mão fechada: – Sou forte como um tijolo aqui em cima.

Mais risadinhas.

– Deixe-me dar uma olhada – disse a ruiva. Sou estudante de medicina.

– Sério? – perguntou Tommy, usando aquela voz estragada de conquistador dele. – Talvez a gente possa estudar um pouco de anatomia juntos.

O restante de nós revirou os olhos. É assim que o Tommy lida com o estresse e as más notícias: paquerando.

– Tente me levantar em um impulso, assim eu vou poder examinar a região machucada – disse a futura médica baixinha.

– Maravilha! – comemorou Tommy. – Farei qualquer coisa para ajudar o avanço da medicina. – Ele assentou a sacola da academia no chão de modo a conseguir segurar a ruiva risonha com ambas as mãos e levantá-la.

Mas a ruiva não lhe deu essa oportunidade.

Em vez disso, ela o chutou – bem naquele lugar que um médico sabe que doerá mais, seja quem for o cara.

Tommy se curvou, agoniado.

A segunda garota agarrou a sacola da academia e começou a correr. Muito.

Eu tentei ir atrás dela, mas, num lance rápido, a morena aproximou um horrível punhal do meu rosto.

– Fique longe, seu pedaço de gente, ou vai virar comida de cachorro.

– Meninas surfistas! – grunhiu Tommy, ainda se dobrando de dor. – Elas são surfistas.

– Só – disse a ruiva. – Fiquem longe da nossa praia de concreto, seus mauricinhos, ou Nathan Collier explodirá vocês. Vocês quatro têm que sair de Nova York. Caiam fora hoje!

Então ela saiu correndo ao encontro do restante das amigas.

Nesse meio-tempo, a garota que levou a sacola da academia tinha conseguido chegar à Broadway, onde se jogou em um conversível que a esperava e saiu cantando os pneus. O cara atrás do volante era baixinho e tinha um rabicho.

– Os piratas de Collier levaram o vaso – Tempestade explicou, confirmando tristemente o óbvio: – Não poderemos usá-lo para resgatar a mamãe.

Nós quatro ficamos parados, olhando atordoados, enquanto as três outras meninas surfistas desapareciam na multidão de universitários que estavam no horário do intervalo.

Nós ficamos devastados.

Não, ficamos destruídos.

Éramos, provavelmente, os jovens mais abobados que alguma vez colocaram os pés no campus da Universidade de Colúmbia.

Capítulo 58

De todas as coisas ruins que tinham acontecido com a gente desde que a mamãe desapareceu, esta tinha provavelmente sido a pior.

Porque nós tínhamos perdido a chave para trazê-la de volta.

O vaso grego estava perdido. Assim também estavam os nossos sonhos de estarmos reunidos com nossa mãe nas praias ensolaradas de Chipre. Esmagados pela exaustão e pela profunda tristeza, partimos de volta à marina da rua Oeste 79 e para *O Perdido*.

Enquanto Tommy seguiu para a casa do leme para se isolar e Tempestade foi para a cozinha procurar algum sorvete no qual pudéssemos afundar nossas mágoas,

Beck e eu começamos a fuçar no computador do papai, lá embaixo na Sala. Nós queríamos levantar todas as informações que pudéssemos sobre o Sr. Athos Aramis, porque sabíamos que seria para lá que Nathan Collier logo estaria se encaminhando para negociar sua mercadoria roubada. Se pudéssemos estar lá quando o negócio estivesse se concretizando, talvez ainda tivéssemos uma oportunidade de resgatar a mamãe.

A maior parte das informações sobre Aramis era bastante pesada. Parecia que o governo estava investigando o astuto e extremamente bem-relacionado pilantra havia anos, mas nunca conseguiu provar nada ilegal sobre ele.

– Ele mora no 983 da Quinta Avenida, bem próximo ao Central Park – Beck relatou. – Um endereço extremamente vistoso. E, é claro, é o dono do apartamento de cobertura.

– Como é a segurança?

– Firme.

– Nós precisamos ir atrás de Aramis – Tempestade anunciou, entrando na Sala.

– Tá, é nisso no que nós estamos trabalhando – disse Beck.

– Bom – falou Tommy. Ele havia entrado depois de

Tempestade. – Temos que conseguir o vaso de volta, não importa o que aconteça.

– Não se preocupe, gente – tranquilizei. – A gente vai conseguir. É claro que temos que considerar que um negociante internacional de armas como Aramis vai ter um grau de proteção máximo à disposição dele.

– Um grau máximo de músculos também – acrescentou Beck.

Tempestade acrescentou cruelmente:

– Os guardas de segurança fortemente armados dele provavelmente vão nos destruir com um míssil Stinger. Talvez com uma granada-foguete. Vamos estar mortos antes de chegarmos ao segundo andar.

– Talvez não – Beck discordou. – Porque o vaso grego não terá muito valor para o Senhor Aramis sem isto. – Ela tirou a documentação de procedência, que havia enfiado no bolso não muito antes de as garotas roubarem a sacola de Tommy.

– Você pegou isso? – Tommy perguntou.

– Sim.

– Beck, você é o máximo! Você, sozinha, restituiu a minha fé na humanidade.

– Vamos precisar de você também, Tommy – eu disse.

– Sem problemas. O que você quer que eu faça?

– Chute o traseiro de um figurão – pediu Beck.

– Legal. Posso cuidar disso. O traseiro de quem eu devo procurar?

– Do próprio Senhor Aramis – eu disse. – Beck e eu achamos que deveríamos fazer uma visita para ele. Amanhã. Ao meio-dia.

– Maravilha. Venha, Tempestade. Vamos subir até o convés. Preciso praticar alguns dos meus golpes de caratê de chute no traseiro.

Enquanto Tommy e Tempestade estavam por lá, praticando caratê, Beck e eu trabalhamos no nosso plano de ataque. Tudo bem, talvez esteja mais para um plano de ataque suicida. Mas a gente tinha que fazer alguma coisa.

Pouco depois da meia-noite, eu telefonei para o Professor Lewis.

– Obrigado por nos ter dado seu telefone, senhor – agradeci.

– O prazer foi meu, Bickford.

– Espero que eu não esteja telefonando tarde demais.

– Oh, não. Qualquer hora. Dia ou noite.

Beck se inclinou para poder ouvir a conversa de ambos os lados.

– Desculpe por termos ficado tão nervosos no seu escritório – falei.

– Não precisa se desculpar – respondeu o Professor Lewis. – É de fato uma situação muito desgastante.

– Bem, de qualquer modo, decidimos parar e tentar entender a situação num quadro mais amplo.

– Ah, sim. A floresta, em vez das árvores. O oceano, em vez das ondas. A sala, em vez do sofá. O...

– Isso – cortei-o. – O negócio é o seguinte: nós vamos até a Quinta Avenida amanhã visitar o Senhor Athos Aramis.

– Oh-oh. Você está brincando, não é?

– De jeito nenhum. Amanhã. Meio-dia. Vamos até a cobertura da Quinta Avenida.

– Oh, não. Não posso permitir isso. O Senhor Aramis é um homem muito perigoso. Letalmente perigoso. Que parte do "negociante de armas" vocês não entenderam? Vocês, crianças, podem acabar mortas!

– Sabemos dos riscos envolvidos. No entanto, Professor Lewis, na ausência dos nossos pais, *o senhor* não tem a nossa guarda legal. O Tio Timothy tem. Timothy Quinn. O senhor o conhece?

– Sim – a voz do Professor Lewis desafinou um pouco.

– Bem, se o senhor está preocupado com o que estamos prestes a fazer, sugiro que dê um telefonema para o Senhor Quinn. O senhor tem o número dele?

– É claro que sim.

– Bom. Diga a ele para se apressar. Como eu falei, iremos amanhã ao meio-dia.

Beck e eu passamos o resto da noite lá embaixo, na Sala, tentando extrair mais informações sobre o Senhor Aramis. Ele era astuto. Esperto. Tinha um QI de 202 – então, ele estaria no *Livro Guinness dos Recordes* se não fosse tão "tímido para a publicidade". Ele também era um "notório filantropo" na cidade de Nova York. Isso queria dizer que usava *smoking* para fazer muitos bailes elegantes de caridade e doar uma tonelada de dinheiro para comprar o respeito – e provavelmente a proteção – das pessoas mais poderosas da cidade. Ele também gastava por volta de 40 mil dólares em ternos. Em cada um.

Para tornar as coisas ainda piores, Athos Aramis detestava crianças. Achava que eram barulhentas e que falavam alto demais. Na verdade, ele gostava de citar o comediante Henry Youngman sobre esse assunto: "O que é um lar sem crianças? Tranquilo!".

Depois de mais algumas horas estudando o Senhor Aramis e o quarteirão dele na Quinta Avenida pelo Google Maps, Beck e eu acabamos dormindo em frente ao computador.

Eu me lembro vagamente de Tommy ter entrado na Sala e me carregado até o quarto.

Acho que eu disse: "Boa noite, papai!" quando ele ajeitou as cobertas em mim.

– Boa noite, Bickford – Tommy respondeu de volta. Ele até tentou fazer a voz dele ficar mais grossa, como a do papai quando dizia isso.

Sim. Foi meio que carinhoso.

De vez em quando Tommy é assim.

Capítulo 59

Na manhã seguinte, por causa de biscoitos doces recheados, Beck e eu entramos na Tagarelice dos Gêmeos número 433.

Tempestade e Tommy nos ignoraram e permaneceram focados em seus pasteizinhos congelados.

– Eu estava pensando... – comentou Beck. – Visitar Aramis é arriscado demais.

– Sem riscos, sem prêmios – devolvi a resposta rapidamente.

– Bem, qual será o prêmio se nós acabarmos mortos?

– Libertar a mamãe.

– E como nós vamos saber se ela estará livre se estivermos mortos?

– Esse não é o ponto, Rebecca.

– Sim, é, seu despontado!

– Hã?

– Você é um despontado. Você entendeu, uma coisa que não tem ponta.

(Minha irmã, a especialista em palavras.)

– Olhe – eu disse –, às vezes você só tem que seguir a sua intuição. Como eu fiz quando agarrei o vaso grego em vez do Picasso.

– Você quer dizer na última vez em que chegamos *perto* de sermos mortos?

– Ei, entre chegar perto e acontecer tem um longo chão.

– Um chão minado.

– Que seja.

– E com granadas de mão também.

– Do que você está falando?

– O Senhor Aramis é um *negociante de armas*, lembra? Qualquer caminho que passe por ele tem relação com todos os tipos de armas, incluindo granadas de mão e lançadores de foguetes.

– Tá – eu admiti. – Há um risco. Assim como a toda hora corremos riscos com *O Perdido* em mar aberto. Um navio está seguro quando está atracado na marina, mas não foi para isso que os navios foram feitos.

– Você acabou de inventar isso?

– Não. Li em algum lugar.

– Não achei que tivesse inventado.

– Eu *disse* que não inventei.

– Só porque eu perguntei.

– Bem, você só perguntou porque sabia que eu diria.

– É claro que diria. Você é o meu irmão.

– Eu sei.

– Tá.

– Nós somos legais.

– Total. Tá feliz?

Fiz que sim.

– Então, termine o seu biscoito recheado. Precisamos nos dirigir para a Quinta Avenida. Onde nós todos vamos morrer.

Beck estava certa. Não sobre a parte de morrer.

O PÁSSARO ESTÁ NO NINHO!
REPITO
O PÁSSARO ESTÁ NO NINHO!

Estava na hora de nós nos conformarmos e partirmos para o 983 da Quinta Avenida.

Então, chamamos um táxi e cortamos caminho pelo Central Park. Em seguida, ficamos nas calçadas sombreadas que ligavam a Quinta Avenida, olhando para cima na direção de um prédio altíssimo do outro lado da rua.

Vigiamos a porta da frente por mais de uma hora. Talvez duas.

Tempestade havia trazido um binóculo e fingia estar focalizando um falcão empoleirado atrás de uma das gárgulas lá em cima, perto do telhado do edifício.

– O pássaro está no ninho – ela informou quando captou uma rápida passagem do Senhor Aramis pela janela da cobertura. – Repito: o pássaro está no ninho.

Finalmente, ao meio-dia, o alarme do meu relógio de mergulho começou a disparar.

– Lá vamos nós – eu disse.

– Sim – acrescentou Beck. – Para nossa morte.

– Para nossa morte! – repetiram Tommy e Tempestade.

E nós todos cruzamos a Quinta Avenida.

Capítulo 60

Todas as outras pessoas na Quinta Avenida pareciam pertencer a uma das mais glamourosas regiões residenciais em qualquer lugar da América.

Nós, não.

Parecíamos quatro turistas em uma missão suicida.

Meio duros, caminhamos com firmeza até a porta do prédio do Senhor Aramis. Um cara com o tórax do tamanho de um barril, orelhas de abano e nariz romano, tudo enfeitado com um uniforme de porteiro com botões de metal e divisas nos ombros, impediu-nos de seguir adiante. Ele parecia um daqueles guardas de *O Mágico de Oz*. Se tivessem sido todos ex-lutadores de boxe.

– Posso ajudar vocês? – o porteiro perguntou, olhando para baixo em nossa direção com seu nariz achatado e tortuoso.

– Sim, meu bom homem – eu disse isso porque tinha ouvido um cara rico dizer a mesma coisa certa vez em que aportamos perto de Londres.

– Precisamos falar com o Senhor Aramis.

– Desculpem. O Senhor Aramis não está em casa.

– Sim, ele está – Tempestade afirmou, batendo levemente no binóculo, que descansava no pescoço dela. – E a mulher que mora no apartamento abaixo do dele precisa comprar cortinas ou um roupão.

– Ouçam, seus atrevidos – anunciou o porteiro –, o Senhor Aramis me deu ordens expressas para não ser incomodado esta tarde.

– Mas isso foi antes de ele saber que estávamos chegando – retruquei.

– E quem *vocês* são, exatamente?

– John Keats – eu disse.

– Quem?

– Apenas informe o Senhor Aramis que estamos aqui com uma importante informação sobre sua mais recente aquisição de arte.

– É mesmo? E exatamente com qual aquisição de arte poderiam vocês estar envolvidos, seus fanfarrões?

– Com aquela de Charleston – respondi. – O vaso grego que ele pegou ontem. Diga ao Senhor Aramis que os homens dele se esqueceram de pegar os papéis. E, francamente, sem os papéis de registro o vaso de argila dele não valerá para muita coisa a não ser plantar petúnias. Vamos lá, meu bom homem. Avise-o pelo interfone.

O porteiro mostrou um olhar confuso e zangado no rosto, mas finalmente fez a ligação.

E a expressão dele se transformou em choque. Ele se dirigiu a nós lentamente.

– O Senhor Aramis mandou vocês subirem imediatamente.

Capítulo 61

Nós quatro entramos em um elevador que me fazia lembrar uma gaiola enfeitada.

– Qual andar? – perguntou um cara extremamente afetado de uniforme, o qual supus que ficasse sentado o dia inteiro em um banquinho apertando os números dos andares para pessoas ricas demais para apertá-los sozinhas.

– A cobertura, por favor – pedi, tentando parecer o mais esnobe possível.

– Com prazer – disse o ascensorista. Ele apertou o botão da cobertura, ergueu a alavanca e nós subimos disparado para o vigésimo sexto andar.

– Meus ouvidos deram um estalo – Tommy comentou, bocejando e descontraindo o queixo. – Odeio quando isso acontece. Sabem como é?

– Sim – respondeu o ascensorista em seu sotaque britânico rígido –, na verdade.

O elevador foi parando. O sinal tocou.

– Cobertura – anunciou o piloto do elevador. Quando as portas lustrosas do elevador deslizaram, nós descemos no palácio do Pirata Rei.

Pense em algo impressionante. As paredes eram cobertas de pinturas muito coloridas e muito raras – todas enfeitadas por molduras douradas, do tipo com muitas espirais e arabescos.

– Qual de vocês, crianças, é Johnny Keats? – perguntou um cara fortão com um jeito suspeito, parecendo ter a saliência de uma pistola escondida sob o paletó esporte.

– Eu.

– Quem são essas outras pessoas? Mais tipos poéticos?

– Não – respondeu Tommy. – Somos os Kidds. Os filhos do Doutor Kidd.

– Aquele que caiu de um barco e morreu?

– Sim, eu disse. Ele mesmo.

O cara balançou a cabeça.

– Fogo, hein? Não me leve a mal, meu pai também caiu de um barco. Em Jersey. Os sapatos dele eram feitos de cimento naquela ocasião. Venha, Keats. Você e os Kidds podem me seguir.

Ao cruzarmos a sala espaçosa, eu pude ouvir Tempestade falando baixinho atrás de mim:

– Renoir. Confirma. Manet. Confirma. Monet. Confirma.

Tempestade estava confirmando o que eu já tinha suspeitado: essas eram as mesmas pinturas que tínhamos visto em fotos penduradas nas paredes da Sala.

E eu não conseguia parar de pensar se nosso pai havia ajudado o Sr. Aramis a colocar suas mãos sujas neles.

Capítulo 62

O cara grandão nos acompanhou até uma biblioteca do tipo com painéis de madeira nas paredes.

O Sr. Aramis, de cabelo esticado para trás com alguma coisa mais espessa do que vaselina, estava sentado em uma cadeira de encosto alto de couro, atrás de uma escrivaninha de vidro da mais alta qualidade, decorada com um estiloso conjunto de canetas e uma bandeira azul e branca.

– John Keats – Aramis disse friamente quando entramos no covil dele –, o renomado poeta romântico inglês morto em fevereiro de 1821. Portanto, sou forçado a indagar: quem são vocês, crianças inconvenientes?

Acho que ele se referiu a nós.

– Somos os filhos do Professor Thomas Kidd – respondi.

Foi quando um cara sentado em uma cadeira giratória em frente à escrivaninha se virou para nos encarar.

Nathan Collier.

Aparentemente, havíamos chegado no momento certo. Collier estava justamente entregando nosso vaso a Aramis.

Collier tirou o toco úmido do charuto da boca. O rosto e as mãos dele tremiam de raiva.

– Não falei para vocês quatro que na próxima vez em que eu os encontrasse vocês acabariam mortos?

– Talvez – disse eu. – Esqueci.

– Sim – completou Beck. – Quando você fala, é mais ou menos como o seu programa de TV. Blá-blá-blá-blá... Muito chato.

– Por que, seus...

– Silêncio, Nathan – reprovou o Pirata Rei, estendendo sua delicada mão e manipulando suas digitais na mesa. Collier sentou-se e fez como lhe fora dito.

Aramis estreitou o olhar.

– Então, crianças – ele pronunciou essa palavra como se fosse o nome de uma doença –, qual de vocês teve a audácia de dizer ao Bruno, lá embaixo, que era John Keats?

– Seria eu, senhor – admiti.

– Eu também – disse Beck, pisando à frente. – Somos gêmeos.

– Eles são mesmo os filhos de Tom Kidd – Collier deixou escapar. – Ele os abandonou no mar depois de ter desistido da busca do tesouro final para você.

– Ele não abandonou nada – rebateu Tommy.

– Ele apenas entregou o serviço para nós – Tempestade completou.

– É isso mesmo – disse eu. – Papai foi embora para procurar aquele Rembrandt desaparecido. Aquele que o Senhor Aramis apreciaria acrescentar à sua coleção, segundo ele contou.

– Ah! – interveio Collier. – Qual Rembrandt desaparecido?

– *Tempestade no Mar da Galileia* – respondeu Tempestade.

O Senhor Aramis se inclinou sobre o vidro da escrivaninha. Havíamos chamado a atenção dele.

– Fascinante – ele comentou. – Seu pai sabia onde encontrar esse Rembrandt desaparecido?

– Claro – respondi. – Assim como ele sabia onde encontrar isto. – Apontei para o vaso grego. – Veja, ao contrário de alguns caçadores de tesouros, nosso pai realmente entrega as mercadorias.

– Incluindo os documentos comprovando que um tesouro é, sabe... um *tesouro* – Beck disse, apresentando os documentos de procedência.

Aramis resmungou para Collier:

– Você me falou que não havia documentação histórica referente a este objeto, Nathan.

– Não havia. Não na sacola da academia. Não havia nada lá dentro exceto uma camiseta cheirando a suor.

– É isso mesmo – completei. – Porque todo caçador de tesouros minimamente decente sabe que nunca se deixa a documentação com o prêmio.

– Torna as coisas fáceis demais para ladrões preguiçosos e piratas medíocres – Beck acrescentou, meio que despejando as palavras para Collier.

– Ei, você! – disse o capanga com a suposta arma sob o braço. – Cuidado com o que diz. O Senhor Aramis aqui é o Pirata Rei.

– Desculpe, senhor – lamentou Beck. – Sem ofensas.

– Vocês serão perdoados – Aramis declarou com um sorriso nojento –, contanto que entreguem esses documentos. – Ele estendeu o dedo esquelético na direção de Beck.

– E por que, exatamente, eu iria querer fazer isso?

– Para que ele não arranque suas unhas com um alicate! – gritou Collier.

– Nathan? – alertou Aramis, abanando a cabeça e colocando um dedo nos próprios lábios para silenciar o estúpido falatório do outro.

– Desculpe, senhor – Collier disse. – Não acontecerá novamente.

– Veja que não, mesmo – disse Aramis, focando seus olhos pretos como carvão em Beck. – Senhorita, depois que eu estudar essa documentação de procedência e tiver certeza de que estou na posse de um genuíno vaso grego, imortalizado pelo *verdadeiro* John Keats, completarei a transação com meu cliente em Chipre.

– Os capangas que levaram nossa mãe? – perguntou Tommy.

– Esses mesmos – respondeu Aramis. – Quem sabe?

Uma vez que eu libere o envio de armas deles, talvez esses jovens zangados finalmente libertem a mãe de vocês. Agora, então, por gentileza, passem-me essa documentação.

O grandalhão que havia nos acompanhado até a sala fez o movimento de pegar o que estava sob seu paletó esporte e sacou... uma caixa de lenços de papel.

– Desculpe, chefe – ele lamentou, assoando o nariz. – É tudo por causa destas antiguidades empoeiradas e das molduras de quadros. Alergia.

O grandalhão não tinha uma arma.

Dei uma olhada para Beck.

Ela sinalizou, não muito disfarçadamente.

– Espere um momento! – eu gritei. – Nosso pai não trabalha para você, e ele não está morto.

– Na verdade, Bick, papai está morto.

– Não, ele não está.

Beck deu um sorriso para o Senhor Aramis.

– Por favor, perdoe meu irmão. Às vezes ele perde o contato com a realidade.

– Não perco!

– Sim, você perde!

E então, exatamente como planejamos, nós nos lançamos à nossa Tagarelice dos gêmeos número 434.

Capítulo 63

– Papai não está morto, Rebecca! – gritei.

– Ele está, Bickford!

– Não, não está!

– Já chega! – gritou o Sr. Aramis. – Silêncio, por favor. A voz de vocês acaba com os meus nervos.

– De que lado você está, Rebecca?

– Do seu, Bickford. Mas estou apenas dizendo a verdade.

– Então, como você fica falando que o papai está morto?

– Porque ele está!

– Não, ele não está!

Aramis tentou novamente:

– Silêncio! Já!

Nós não escutávamos.

– Então, onde ele está? – perguntou Beck.

– Numa caçada de tesouro de segurança máxima.

– O quê?

– Um helicóptero o apanhou.

– Nathan? – O rosto de Aramis estava ficando roxo. – Faça alguma coisa. Faça essas crianças pararem com essa briga petulante!

– Calem a boca, crianças! – gritou Collier.

Beck o ignorou:

– Ah! Um helicóptero?

– Sim. Eles o tiraram do convés com uma corda de resgate.

– Verdade? No meio de um ciclone?

– Senhor Collier? – chamou Aramis, esfregando os olhos com ambas as mãos como se estivesse passando por uma enxaqueca. Faça alguma coisa! Já! Ou você será destituído de suas tarefas!

– Está bem, seus pestinhas – Collier interveio rispidamente. – Acabem com isso!

Beck e eu continuávamos:

– Um ciclone tão barulhento que não conseguimos ouvir as hélices!

– Isso é impossível!

– Na-na-não. Não se o piloto do helicóptero fosse mesmo muito, muito bom.

– Bick, você está completamente fora de si.

– E você, Beck, é extremamente tapada.

– Retire isso!

– Retirarei se disser que o papai não está morto.

– Ele *está*!

– *Não* está!

– Está!

– Quem está dizendo?

– Eu!

– Rá!

– Rá, você!

– *Silêncio!* – gritou o Sr. Aramis enquanto se levantou tão ferozmente que a cadeira dele foi de encontro a uma prateleira. Faiscando de raiva, exatamente como Beck e eu calculamos que ele estivesse, agarrou sua pistola folheada a ouro e a apontou para nós. – Não consigo suportar crianças berrando, bebês chorando e cachorros latindo! Se vocês dois não pararem essa discussão quando eu contar até três, definitivamente darei a vocês uma razão para gritar.

Beck e eu rapidamente olhamos ao redor do aposento. Aramis era o único que estava segurando uma arma. Até esse momento, nosso plano estava funcionando perfeitamente.

– Um! – disse Aramis.

Respirei fundo. Lancei um olhar duro para Beck.

– Papai. Não. Está. Morto!

Beck olhou duramente para mim:

– Sim. Ele. Está.

– Dois! – gritou Aramis, levantando a pistola e balançando-a de um lado para o outro, tentando decidir em qual de nós atiraria primeiro.

Ele estava prestes a dizer "Três!" quando Tommy entrou em ação e saltou sobre Aramis com uma voadora de caratê.

GOLPE!
VOCÊ ME FEZ CHORAR!
SNIF
UII!
YÁÁÁ!!!
ESTALO

CAPÍTULO 64

O pé esquerdo de Tommy golpeou o pulso de Aramis. Fez o barulho de partir um ossinho de frango. A pistola saiu voando.

Tempestade agarrou Collier, sacudindo-o pela camisa.

– Isto é pelo mapinha idiota que você fez o idiota do Louie Louie colocar dentro do pingente idiota de abelha! Você me fez chorar. Eu sou a Tempestade Kidd. Não sou de chorar. – Depois, mudando bruscamente de suas memórias fotográficas para a região onde o estudante de medicina atacou Tommy, Tempestade deu uma joelhada em Collier num lugar onde dói de verdade.

– Uuuiii! – gritou Collier, os olhos dele lacrimejando de dor.

– Veja só quem está chorando agora! – Tempestade comemorou, vingativa.

Beck manteve sob controle o segurança com o nariz escorrendo ao fazer uma pose de ataque assustadora.

Quando Tommy agarrou a arma de Aramis, investi para pegar o vaso grego.

Infelizmente, Aramis fez exatamente a mesma coisa.

Juntos, nós derrubamos o vaso da beirada da mesa com tampo de vidro.

– Não! – gritou Aramis.

O vaso estava tombando no chão. Estendi os braços e o agarrei. No momento em que o tive nas mãos, virei meu corpo, para que eu caísse de bumbum no chão em vez de levar o vaso na cara.

– Peguei! – gritei enquanto estava esparramado no chão com o imensurável tesouro amparado nos meus braços.

– Bom – respondeu Aramis. – Agora passe-o para cá.

Olhei para cima.

Com todo o tumulto, mais seis seguranças tinham aparecido na sala.

Esses seis não estavam assoando o nariz.

Estavam todos apontando as armas diretamente para mim.

Tanto heroísmo por nada.

Beck estava certa. Nós todos iríamos morrer.

Capítulo 65

– Mate-os! – gritou Aramis. – Mate todos eles! Mas, o que quer que façam, não ousem estragar o meu vaso novo!

Três dos valentões apontaram as armas para a minha cabeça. Os outros três se viraram para apontar para Beck, Tempestade e Tommy.

– Então – falei –, acho que isso significa que você não quer aquele Rembrandt.

– Eu o encontrarei para você – disse Collier. – Sou muito bom no que faço.

– Ahhh! – caçoou Beck. – Só nos seus sonhos!

Aramis fez sinal para os homens dele esperarem um momento antes de nos executarem. Ele se inclinou para me interrogar:

– Vocês sabem mesmo onde encontrar esse inestimável Rembrandt, meu jovem?

– É claro que sabemos – respondi. – Somos caçadores de tesouros de verdade. Não caçadores de araque, como uma certa pessoa chamada, hum... *Collier*.

– Não dê ouvidos a eles – Nathan Collier alertou. – Eu posso encontrá-lo.

– Não, você não pode – Beck alfinetou.

– Sim, eu consigo.

– Não consegue.

– Consigo!

Bem no momento em que estavam prestes a esquentar a discussão, eu finalmente escutei um burburinho no corredor. Aquele que era esperado acontecer, digamos, por volta de cinco minutos antes.

Portas bateram. Vozes nervosas gritaram. Um esquadrão de pés atravessou a sala de estar.

Então eu escutei outro som de *BAM* seguido de um ressoante *PA-PUM*!

Um tiro de revólver.

– O que está acontecendo? – indagou Aramis.

Um dos grandões armados agarrou Tempestade para usá-la como escudo humano.

Grande erro.

Ela acertou uma cotovelada no estômago do cara enquanto chutava outro grandalhão naquilo que chamaremos de "Collier" dele.

Tommy nocauteou três dos outros caras com golpes de caratê que poderiam partir tijolos. Beck dominou outro tirando o equilíbrio dele com um chute giratório no tornozelo do sujeito. Ele colidiu com o último grandão, e os dois caíram ao chão.

A porta do estúdio se abriu violentamente.

– Baixem as armas! – gritou uma voz familiar.

Então vi os conhecidos óculos escuros espelhados.

Tio Timothy tinha trazido com ele cerca de vinte amigos, todos com armas sérias e jaquetas de artilharia com os dizeres FBI e CIA em letras grandes e grossas fixadas na frente e nas costas.

Os caras malvados, ainda atormentados pela dor dos golpes dos meus irmãos, foram espertos o suficiente para entender que levavam desvantagem em número e em armas. Imediatamente largaram as armas e levantaram as mãos.

– Olá, crianças – Tio Timothy disse. – Desculpem meu pequeno atraso.

– Caras, vocês deveriam estar aqui tipo, cinco minutos atrás! – gritou Beck.

– Foi tudo culpa minha – assumiu o Professor Lewis, entrando inseguro na sala. Eu perdi o guardanapo onde anotei o endereço que vocês me deram na noite passada.

– Está bem, Aramis – Tio Timothy falou. – O jogo acabou. Você virá conosco.

FBI
FBI
CIA
F.B.I.
FBI
CIA
CIA
LARGUEM
AS SUAS
ARMAS!

Entreguei o vaso grego ao Professor Lewis, imaginando que ele saberia como manuseá-lo, uma vez que ele era professor de Coisas Antigas que se Quebram Facilmente.

– Por gentileza, devolva esse item – pediu Aramis quando me viu entregar o antigo artefato. – Ele pertence a mim.

– É mesmo? – Tio Timothy disse. – Quanto este vaso de plantas vale para você?

Aramis sorria sarcasticamente outra vez.

– Mais do que você jamais ganhará em toda a sua carreira inteira, policial.

– É incalculável – Collier acrescentou. Ele tirou o pó de sua jaqueta de couro, tentando agir como se fosse alguém importante. – Oficiais, sou um especialista nesses assuntos e asseguro a vocês que um tesouro como esse vale um milhão, talvez dois milhões de dólares.

Tio Timothy assobiou como se estivesse impressionado. Depois deu uma cutucada no ombro dele.

– E todas essas pinturas da sala? Quanto valem?

– Oh, não quero sobrecarregar seu frágil cérebro diminuto com toda essa informação – Aramis riu maliciosamente. – Os números são astronomicamente altos.

– Entendo – disse Tio Timothy. – Mike? Poderia vir até aqui um minuto?

Um homem com jeito calmo, usando óculos de lentes grossas, entrou na sala.

– Este é Michael Stewart – Tio Timothy apresentou. – Ele trabalha para a RF.

O Sr. Aramis e Nathan Collier pareceram confusos, então Tio Timothy explicou:

– Vocês conhecem a Receita Federal? Os fiscais do Imposto de Renda?

– Eu sei o que RF significa – berrou Aramis. – Mas por que esse homem está aqui na minha casa?

Foi a vez de o Tio Timothy debochar.

– Acho que ele quer taxar seu cérebro gigante, senhor.

– Respostas rápidas, se não se importar, Senhor Aramis – afirmou o agente da Receita Federal, clicando uma de suas canetas enquanto pegava uma ficha da pasta que levava. – Como você conseguiu comprar todas essas obras de arte?

– O que você quer dizer?

Athos Aramis – cujo nome soava, com certeza, como se fosse grego – poderia ter ficado confuso, mas ele não estava. A última peça do quebra-cabeça do meu pai havia se encaixado no lugar. Virei-me para Beck com um sorriso levado no rosto:

– Qual a importância de um vaso grego ruim? – recitei.

Beck riu e o agente da Receita Federal sorriu.

– Aparentemente, não muita. Nós observamos, Senhor Aramis, que, no ano passado, o senhor não pagou nenhum imposto de renda porque, de acordo com sua declaração, o senhor não tinha emprego, e muito menos um salário.

O Professor Lewis deu uma gargalhada.

– Ho-ho! Nenhum emprego. Muito engraçado. Muito engraçado, na verdade.

– Isso pretende ser uma piada? – perguntou o Sr. Aramis. – Se for, não tem graça nenhuma.

– Então, permita-me explicar a você – disse tio Timothy –, Athos Aramis.

– Sim?

– Você está preso.

– É mesmo? Por qual motivo?

– Por sonegação de imposto de renda.

Capítulo 66

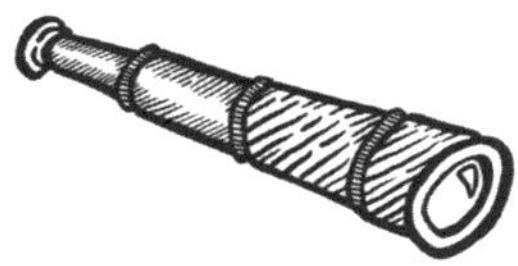

Como você provavelmente deve ter imaginado, Beck e eu armamos essa batida policial com a ajuda do Professor Lewis depois de "termos olhado o quadro mais amplo" e calculado que a mamãe e o papai estiveram trabalhando como agentes duplos.

Eles apenas *fingiram* estar trabalhando para o Sr. Aramis, de modo que pudessem ajudar a CIA, o FBI e a Receita Federal a organizar sua ação contra o famoso negociante de armas. Eles precisavam de provas que garantissem que o Pirata Rei fosse para a cadeia, não importava quão poderoso fosse ou quantos amigos bem-relacionados tivesse.

Infelizmente, o Sr. Aramis foi excelente em cobrir as pistas e esconder qualquer documentação que pudesse prendê-lo

aos negócios ilegais com armas. Então, a CIA decidiu apelar para a Operação Al Capone.

Isso mesmo. Foi por isso que o papai tinha o recorte de jornal do famoso mafioso de Chicago pendurado ao lado de todas as fotos das obras de arte do Sr. Aramis na Sala.

De volta a 1931, Al Capone foi preso não por dirigir negócios de bebidas, contrabandear e matar pessoas com frequência. Ele foi para a cadeia por – toquem os tambores, por favor – *sonegação de imposto de renda*.

A mesma coisa estava para acontecer com Athos Aramis.

Porque, como o agente da Receita Federal ressaltou, como ele poderia possuir toda aquela exposição de arte absurdamente cara em seu impressionante apartamento de cobertura se não tinha rendimentos, o que tinha sido declarado no seu formulário de imposto de renda?

Quando os agentes do FBI colocaram as algemas em Aramis e leram os direitos dele, eu pude ver que Beck, Tommy e Tempestade deram um suspiro de alívio.

Aquele negócio estava resolvido.

Nós quatro tínhamos, sem muita supervisão dos adultos, acabado de completar a missão supersecreta do papai.

Ou não tínhamos?

– Esperem um momento! – eu disse. – E a mamãe?

Capítulo 67

— O rapaz está absolutamente certo – Aramis declarou, ainda sorrindo presunçosamente, muito embora as mãos dele estivessem presas nas costas. – Vocês podem, é claro, me prender por essa acusação armada idiota de imposto. Mas, se fizerem isso, que fique bem entendido que esses quatro nunca, jamais verão a mãe viva novamente.

Sempre tem um empecilho, não é? Odeio quando isso acontece.

– A única esperança para ela se baseia em uma autorização minha para liberar uma certa *mercadoria* para alguns jovens bem zangados e bem violentos em Chipre. – Aramis prosseguiu: – Uma coisa que devo dizer é que eu não me sentiria inclinado a fazer isso se tivesse que trocar meu terno de alfaiataria italiana por um uniforme preto e branco de prisioneiro.

O aposento ficou em completo silêncio.

Ninguém dizia uma palavra.

Todos nós olhamos para Tio Timothy. Afinal, ele era o responsável pela mamãe. O chefe dela na CIA. Se o Sr. Aramis não fizesse o telefonema para liberar as armas, Beck e eu nunca mais teríamos que fazer uma Tagarelice dos Gêmeos sobre o destino da mamãe.

Porque ela estaria, de uma vez por todas, morta.

Por outro lado, não teríamos feito tudo o que meu pai faria para colocar o Sr. Aramis atrás das grades apenas para dar a ele um passe livre para fora da cadeia no fim do jogo.

Tio Timothy ficou em silêncio pelo que pareceu uma eternidade.

Então, por fim, ele tirou um fino celular do bolso, que mais parecia o tipo que um marciano usaria.

Ele o entregou a Aramis.

– Faça a ligação – ele disse.

EPÍLOGO

Capítulo 68

Navegamos para o sul, de Nova York até a Carolina do Norte, e usamos um pouco da nossa reserva para a faculdade para alugar uma casa de praia descolada bem de frente para o mar.

Nós aportamos *O Perdido* em uma marina muito agradável, onde ele ganharia uma nova pintura e seria preparado para a nossa próxima aventura.

Ah, por falar nisso, nossa reserva para a faculdade tinha registrado, recentemente, um novíssimo depósito de 500 mil dólares porque tínhamos recebido uma recompensa de meio milhão por encontrar todas aquelas obras de arte roubadas na cobertura do Sr. Aramis.

Aramis fez um acordo para ficar fora da prisão. Mas de modo algum o FBI, a CIA ou a RF o deixariam ficar com todos aqueles tesouros.

Tommy agora está famoso e se dando bem com os moradores da Carolina do Norte, inclusive com uma garota chamada Kara Kerz.

Não se preocupe.

Tempestade fez uma verificação completa dos antecedentes dela, uma vez que conseguimos identificar suas impressões digitais em uma garrafa de suco. Sara Kerz não é pirata *nem* surfista.

Nesse meio-tempo, Tio Timothy e sua equipe da CIA têm pistas quentes sobre a mamãe em Chipre. Aparentemente, a agência está mais interessada em ir ao encalço dos terroristas cipriotas do que em prender Aramis. Essa coisa toda de agente duplo era parte de uma operação de pistas falsas ainda maior. Eles *queriam* que Aramis fizesse aquela ligação telefônica via satélite pelo celular para que pudessem rastrear o movimento das armas.

(Quando sua mãe e seu pai trabalham para a CIA, a sua vida inteira é como se você estivesse dentro de um caleidoscópio. Não há jeito de saber qual será o caminho.)

De qualquer modo, Tio Timothy tem um “alto grau de confiança” de que sua equipe não só apanhará os terroristas como também encontrará mamãe. Então, agora, até mesmo Beck está otimista. Poderemos ter a boa notícia do sucesso do resgate da “Mamãe Multitarefas” a qualquer dia.

E o papai? Bem, eu ainda acho que ele está vivo. Em algum lugar. Provavelmente em uma missão supersecreta para a CIA, do tipo da qual ninguém pode falar. O tipo que o governo negaria alguma vez existir se a missão não terminasse do modo como eles esperassem.

Então, enquanto nós quatro esperamos nossos pais voltarem para *O Perdido*, vamos manter os negócios da família funcionando. Vamos caçar os outros tesouros da lista de tarefas do papai. Estamos um pouco apressados porque queremos encontrar cada um antes que Nathan Collier tenha um golpe de sorte e acidentalmente tropece em um deles.

Isso é verdade. O FBI tomou Collier sob sua tutela e o interrogou. Mas não houve evidências concretas para ligá-lo a qualquer das peças de artes roubadas no esconderijo de Aramis. Tio Timothy, no entanto, realmente se certificou de que Collier compraria uma nova sacola de academia para Tommy e substituísse a camiseta suada dele.

– Precisamos voltar para o mar – Beck disse quando estávamos sentados na varanda da nossa casa de praia observando Tommy, que namorava sua nova garota, e Tempestade, que construía um castelo de areia parecido em todos os detalhes com o Taj Mahal.

– Sem dúvida – concordei.

– Bem cedo.

– Tipo amanhã.

– Amanhã seria incrível.

Sim, não haveria uma Tagarelice dos Gêmeos sobre isso. A vida de caça ao tesouro está no nosso sangue. Perseguir a próxima aventura lá fora, qualquer que seja ela, é exatamente como nós, os monstros do livro, tínhamos que viver.

Capítulo 69

— Ei, vocês! – Beck estava na varanda da frente de nossa casa de praia na Carolina do Norte soprando um chamado de corneta.

FOM! FOM! FOM! FOM! FOM!

Todo mundo veio correndo. É a regra número um da família Kidd. Três toques sempre indicam que alguém está em apuros e precisa de ajuda. Então, um quarto e um quinto toques são estranhamente fora de padrão...

Foi quando Beck tocou um jamais ouvido *SEXTO* TOQUE!

– O que está acontecendo? – perguntou Tommy ao subir correndo da praia.

Tempestade entrou de uma vez pela porta de tela, enrolando um fio eletrônico.

Eu vim correndo pela lateral da casa porque estava a um quarteirão de distância, descendo a rua principal, onde havia um cybercafé muito legal.

– Nós acabamos de receber um *e-mail*! – gritou Beck, agitando uma folha impressa. – Do papai!

– Não é possível! – disse Tommy.

– Você está brincando! – eu gritei.

– É sério? – perguntou Tempestade.

– Total. Quem mais saberia disto? – Beck perguntou e começou a ler o *e-mail*:

Eu sugiro que vocês quatro vão atrás de uma valiosa coleção de tesouros próxima do topo da minha lista: as Minas do Rei Salomão. Dirijam-se para a África e encontrem meu amigo Dumaka. Espero me juntar a vocês lá, mas preciso primeiro completar o meu atual trabalho para o Tio T. Desculpem-me por ter partido daquela maneira durante a tempestade. Quando o helicóptero apareceu e o piloto retransmitiu minha nova missão, não tive escolha. Tive que seguir as ordens.

Beck olhou para mim.

– Você estava certo!

– Eu sabia que era um helicóptero! – exclamei. – Igual àquele que pegou o Tio Timothy.

– Impressionante... – disse Tommy. – Eu quero fazer isso algum dia. Ter um helicóptero que me levante. Em uma tempestade também.

Tempestade revirou os olhos.

– Di-vir-ta-se, Tommy. – Di-vir-ta-se.

– O que mais ele diz? – perguntei.

– Que ele nos ama profundamente e que, da próxima vez que estivermos todos juntos, ele explicará tudo. Bem, tudo o que ele puder explicar sem ter problemas com a CIA.

Beck pareceu um pouco chocada com a maneira como o papai finalizou o e-mail:

Eu não poderia estar mais feliz com vocês, meus quatro maravilhosos monstrinhos do livro. Vocês completaram a minha missão. Fizeram com que eu me sentisse orgulhoso de ser o pai de vocês. Salvaram a vida da sua mãe. São os melhores filhos que algum pai pode desejar. Com muito amor, sinceramente, seu pai.
P.S.: Confiem no Tio Timothy, mas, nunca, de maneira alguma, com sua vida.
P.P.S.: Rebecca, está na hora de você se livrar dos óculos 3-D. Eles serviram ao seu propósito, mas sua mãe não os considera muito adequados. Eu os considero, mas perdi na votação.

CAPÍTULO 70

Então, em algum momento na próxima semana, nós partiremos para a África.

As míticas minas do Rei Salomão, repletas de diamantes e ouro, existem de verdade e estão esperando por nós para escavarmos seu tesouro. O papai e a mamãe devem se juntar a nós na busca.

Se a CIA conseguir seguir seus planos para resgatar a mamãe.

Esse *e-mail* que a Beck leu? Eu o escrevi. Tio Timothy me explicou como enviá-lo de um cybercafé próximo de modo que parecesse muito mais legítimo do que aquele *e-mail* falso com que a Beck tentou enganar o policial quando a gente estava escapando das Ilhas Cayman.

Ei, eu preveni você para não acreditar em todas as coisas que lesse.

É claro que não significa que não seja verdade.

Porque, no fundo do meu coração, eu realmente penso que a mamãe e o papai ainda estão vivos. Na verdade, eles são os dois tesouros no topo da minha lista de caça aos tesouros.

Beck também é.

Como eu poderia ter tanta certeza?

Fácil.

É coisa de gêmeos.

A CAÇA AO TESOURO continua...

BEIRA-MAR
UH-
OH.
A BARRACA DA RESSACA
PROMOÇÃO!
BLEH!
DINHEIRO VIVO!!!!